Susanne Gantner

Ein Gloria zum Sterben

Kriminalroman

tredition®
www.tredition.de

Verlag und Druck: tredition GmbH, Halenreie 40-44, 22359 Hamburg

ISBN
Paperback: 978-3-7439-0992-2
Hardcover: 978-3-7439-0993-9
e-Book: 978-3-7439-0994-6

Die Handlung ist frei erfunden. Ähnlichkeiten mit lebenden oder toten Personen sind rein zufällig und unbeabsichtigt. Es gibt insbesondere keine St. Fabian Kirche in der Schweiz. Einzig Stampflis Tochter Susanne habe ich ein paar meiner Züge verliehen, was nicht heisst, dass sie mit mir identisch ist.

Am Ende des Buches findet sich ein Glossar. Die mit * versehenen Begriffe werden dort erklärt.

Umschlaggestaltung: Silvia Simpson-Walz

EINS

Die Probe war zu Ende. Die letzten Choristen stiegen die gewundene Holztreppe in das Kirchenschiff hinunter. Mit einem Knall schlug die schwere Eingangstür zu. Ein leises Lachen - dann Stille.

Melanie strahlte. Sie stand allein auf der Empore der katholischen St. Fabian Kirche, nur einen Schritt von der Brüstung entfernt. Ja, so sollten die Gottesdienstbesucher sie sehen. Noch zehn Tage bis Weihnachten. Sie konnte es kaum erwarten. In der Mitternachtsmesse durfte sie den Anfang des „Gloria" singen. Ihre Wangen glühten, ihre Augen glänzten. Sie liebte diese Messe von Joseph Haydn, ihrem Lieblingskomponisten. Das Solo beschränkte sich auf neun Töne. Sie musste also alles geben, damit man hörte, wie gut sie war. Bestimmt würde der Chorleiter ihr an Ostern eine längere Partie anvertrauen. Sie atmete tief ein.

Ihr hoher Sopran intonierte jubelnd mit ausgeprägtem Vibrato* „Gloria in excelsis Deo". Melanie endete mit einem Schrei, kippte keuchend auf die Brüstung und holte gurgelnd Atem. Sie versuchte, sich aufzurichten, ihre rechte Hand zerknüllte das Notenblatt. Dann verschleierte sich ihre Sicht und sie verlor das Bewusstsein. In ihrem Rücken steckte ein langes, schmales Messer. Sie hing mit dem Oberkörper über der Balustrade. Das Messer wurde herausgezogen. Leise Schritte auf der Holztreppe, ein Knarzen der Kirchentür. Dann Stille.

ZWEI

Heiri Stampfli, leitender Ermittler der Kantonspolizei Zürich, kam von der Mittagspause zurück, als sein Telefon klingelte. Es war Wachtmeister Beat von der Zentrale. «Wir haben eine Leiche in der neuen St. Fabian Kirche in Witikon. Du sollst dich beeilen.»

«Was, in der Kirche? Du machst wohl Witze? Nein, natürlich nicht. Entschuldigung.»

«Alex Stammbach ist schon dort. Du arbeitest gerne mit ihm zusammen, wie ich gehört habe?»

«Das ist so. Ich beeile mich.»

Der Ermittler stieg in seinen Opel und fuhr so schnell es der Verkehr erlaubte. Er brauchte nur fünfundzwanzig Minuten, bis er das neue Wohnquartier in Witikon erreicht hatte. Die St. Fabian Kirche war erst vor einem Jahr fertiggestellt worden. Schon von weitem sah er die rot-weissen Bänder der Polizei, die den Zugang absperrten. Alex Stammbach, der Brandtouroffizier, also der diensthabende Verantwortliche der Kantonspolizei für Verbrechen gegen Leib und Leben, diskutierte gerade mit einem Forensiker*. Die Männer steckten in weissen Schutzanzügen. Auch Stampfli streifte Überschuhe, Overall und Latexhandschuhe über, tauchte unter dem Absperrband durch und begrüsste die beiden.

Zusammen betraten sie das Kirchenschiff. Hier war ein Geviert mit Bändern abgegrenzt. Auf dem grauen Steinboden hatte sich eine Blutlache ausgebreitet. Woher kam dieses Blut? Automatisch schaute Heiri nach oben zur Empore. Auch hier Blutspuren. Die Männer stiegen die Holztreppe hinauf.

Die Leiche hing mit dem Oberkörper über der Balustrade.

«Es ist Melanie Hug, die Archivarin des Kirchenchors», informierte Alex Stammbach. «Der Sakristan* hat sie heute gegen Mittag gefunden. Ihm sind Blutflecken im Kirchenschiff aufgefallen.»

Die Frau hatte die Jugend seit langem hinter sich gelassen, fettige mausbraune Haare und einen Schwabbelbauch. Die Finger der rechten Hand knüllten immer noch ein Notenblatt zusammen. „Gloria", war darauf zu lesen.

Der Rechtsmediziner Dr. Otto Balzli hatte bereits eine erste Untersuchung vorgenommen. Er kniete neben der Leiche und sprang auf, um den Ermittler zu begrüssen.

«Tschau*, Heiri. Schon verrückt, dass wir jetzt sogar in der Kirche ein Mordopfer haben. Frau Hug wurde von hinten mit einem langen Messer erstochen. Vermutlich wurde das Herz getroffen. Das erklärt auch das viele Blut. Unsere Leute haben überall nach der Tatwaffe gesucht, sind aber bisher nicht fündig geworden. Die Körpertemperatur im Enddarm beträgt nur noch 28 Grad Celsius. Die Leichenstarre ist ausgeprägt. Die Gesichtsmuskulatur reagiert nicht mehr auf elektrische Reizung. Ich habe eine pupillenerweiternde Substanz in das eine Auge und eine pupillenverengende Substanz ins andere Auge geträufelt. Eine Reaktion zeigt sich bis etwa zwölf Stunden nach Eintreten des Todes - unter Umständen auch noch etwas später. Es gab keine Reaktion. Wir können deshalb davon ausgehen, dass der Tod gestern Nacht eingetreten ist. Frau Hug ist so gestorben, wie wir sie gefunden haben. Dies kann ich aufgrund der Leichenflecken sagen. Genaueres erst nach der Obduktion. Der Sakristan, der die Leiche entdeckt hat, wartet übrigens vor der Kirche auf dich. Vielleicht hat er noch weitere Informationen. Geh vorsichtig mit ihm um. Der Mann hat einen Schock. Er heisst Franz Müller.»

«Mach ich. Danke, Otto.»

Er fand den Sakristan, einen kleinen, älteren Mann mit wirrem grauen Haar und hängenden Schultern, auf einer Steinbank am Eingang zur Parkanlage.

«Guten Tag, mein Name ist Heiri Stampfli. Ich bin der zuständige Ermittler der Kantonspolizei. Sie sind Franz Müller? Ich habe gehört, dass Sie die Tote heute Morgen gefunden haben. Stimmt das?»

«Ja.» Die brüchige Stimme des Alten war kaum zu hören.

«Das muss sehr schwer für Sie sein, dafür habe ich Verständnis. Es ist aber wichtig, dass wir von der Polizei so schnell wie möglich alle Informationen bekommen. Frau Hug ist ermordet worden. Ist Ihnen bei Ihrer Arbeit in der Kirche etwas aufgefallen?»

Der Alte schwieg. Mehrere Minuten vergingen, die sich endlos in die Länge zogen. Der Ermittler wartete geduldig, bis der Mann stockend zu reden begann.

«Gestern fand eine Kirchenchorprobe auf der Empore statt. Heute wollte ich den Steinboden der Kirche putzen. Da war die Blutlache. Woher kam das? Ich suchte. Dann sah ich Melanie. Grauenhaft.»

«Ja, das ist es. Wie haben Sie reagiert? Haben Sie jemanden in der Nähe gesehen? Haben Sie etwas angefasst?»

«Nein, nichts angefasst und niemanden gesehen. Ich bin rausgerannt und habe die Polizei angerufen.»

«Sie haben nicht nachgeschaut, ob Frau Hug noch am Leben war?»

«Nein. Ich hatte einen Schock.»

«Machen Sie sich keine Sorgen. Gemäss unseren Untersuchungen ist die Frau bereits gestern gestorben.»

«Gestern? Ich habe die Kirche nach der Probe abgeschlossen. Es war niemand mehr drin. Sie meinen, um diese Zeit war Frau Hug schon tot. Jesses! Ich habe einfach das Licht gelöscht und zugesperrt.»

«Wann war das?», fragte der Ermittler. «Ich muss das genau wissen».

«Ich hörte die Kirchenuhr einmal schlagen, als ich den Schlüssel drehte.»

«Also 22.15 Uhr. Wer ausser Ihnen hat einen Schlüssel für die Kirche?»

«Nur der Organist und ich. Ein Ersatzschlüssel ist beim Diakon* deponiert.»

«Okay, Sie haben mir sehr geholfen. Falls Ihnen noch etwas einfällt, rufen Sie mich an.» Stampfli notierte die Adresse des Sakristans und gab ihm seine Visitenkarte.

In diesem Moment hielt eine Vespa vor der Kirchentür. Darauf sass Pierre Delafontaine, alias Bonsai, Stampflis jüngster Mitarbeiter. Den Spitznamen hatte er bekommen, weil er nur das Mindestmass von 1.70 m für Polizisten erreichte und stets vornübergebeugt dastand. Er war ein cleveres, liebenswertes Bürschchen, hatte die Polizeischule mit Auszeichnung abgeschlossen und seither alle Dienstgrade bis zum Wachtmeister in Rekordzeit absolviert.

«Wo hast du denn gesteckt?»

«Weisst du doch.» Bonsai zog den Helm vom Kopf. «Ich war noch mit der Abklärung wegen der Schlägerei im Seefeld in der Uniklinik beschäftigt.»

«Ach ja. Hat sich schon etwas ergeben?»

«Leider nein. Ich schreibe dir nachher einen Bericht. Was ist hier geschehen?»

«Ein Mitglied des Kirchenchors wurde gestern erstochen. Üble Sache. Der Sakristan, ein Herr Franz Müller, hat die Tote gefunden, aber nichts beobachtet. Wir müssen als Erstes mit dem Diakon sprechen. Er ist laut meinem Handy für diese Kirche zuständig und dürfte im Pfarrhaus nebenan wohnen. Ein Wunder, dass er von den ganzen Aktivitäten nichts mitbekommen hat. Das Gebäude ist wohl hier rechts.»

Ein Plattenweg führte bis zu einem modernen Einfamilienhaus. Es war noch kein Schnee gefallen, der Rasen wies braune Stellen auf. An der Tür hing ein dekoratives Adventsgesteck. Ein umgekipptes Dreirad lag achtlos da. Kaum hatte Stampfli die Klingel gedrückt, erklang Kindergeschrei. Kurz darauf öffnete eine hochschwangere Frau mit einem Kleinkind auf dem Arm.

«Ja?»

«Guten Tag. Mein Name ist Heiri Stampfli, ich bin von der Kantonspolizei. Das ist mein Mitarbeiter Delafontaine. Wir suchen den Diakon Georg Amstutz, der für die St. Fabian Kirche zuständig ist.»

«Der Diakon ist mein Mann. Leider ist er den ganzen Tag an einer Besprechung und kommt erst in etwa zwei Stunden zurück. Wieso sind Sie hier? Ist etwas passiert?» Erst jetzt schien die Frau die Absperrbänder und die Polizisten vor der Kirche zu bemerken.

«Das ist so», bestätigte Stampfli. «Ein Mitglied des Kirchenchores wurde gestern nach der Probe ermordet. Wir müssen dringend mit Ihrem Mann sprechen.»

Die Frau erbleichte. «In diesem Fall kann ich ihn sicher kurz stören. Ich werde ihn anrufen. Bitte kommen Sie doch herein.»

Stampfli und Bonsai betraten das Haus. Links vom Eingang lagen Kinderschuhe und Spielsachen herum. Sie kamen in das geräumige Wohnzimmer. Auch hier herrschte ein Chaos. Frau Amstutz steckte das Kleinkind in ein Laufgitter, worauf dieses wieder zu brüllen begann.

«Haben Sie noch mehr Kinder?»

«Ja, noch drei weitere, und das Fünfte ist unterwegs, wie Sie sehen.» Sie packte ihr Handy, um ihren Mann anrufen, wobei sie sich wegen des Lärms in die Küche zurückzog.

«Ein katholischer Priester mit grosser Familie?», flüsterte Stampfli.

«Er ist ein „Ständiger Diakon"*. In diesem Fall darf er verheiratet sein und Kinder haben», sagte Bonsai leise. Er kannte sich in solchen Sachen aus.

Frau Amstutz kam zurück und hob ihr Kind hoch, worauf sein Schreien endlich verstummte.

«Mein Mann wird in einer halben Stunde da sein und bittet Sie, auf ihn zu warten.»

«Okay. Wir sind in der Kirche. Vielleicht werden wir da noch gebraucht.»

«Ich richte ihm das so aus. Bis später.»

Draussen atmeten die Ermittler erleichtert auf. «Pfft, die hat es vielleicht schwer», sagte Bonsai und zog eine Toblerone* aus der Tasche. «Ich habe noch nichts gegessen», meinte er entschuldigend, als Stampfli belustigt den Mund verzog.

«Ich weiss doch, dass du ohne Schokolade nicht leben kannst». Bonsai ernährte sich fast ausschliesslich von diesen Genussstengeln.

Sie gingen zur Kirche zurück, warteten aber draussen. Der Brandtouroffizier Alex Stammbach kam auf sie zu.

«Hast du etwas, Alex?»

«Nein. Es gibt so viele verschiedene Fingerabdrücke und Spuren, dass es zum Verzweifeln ist. Unsere Forensiker geben ihr Bestes. Aber wenn an der Leiche selbst nichts gefunden wird, tappen wir im Dunkeln. Gestern waren 21 Kirchenchormitglieder, ein Organist und ein Chorleiter bei der Probe anwesend, wenn niemand gefehlt hat. Diese Leute müssen nach Möglichkeit noch heute Abend befragt werden. Bitte klärt ab, ob entweder das Kirchgemeindehaus oder das Pfarrhaus zur Verfügung steht.»

«Das Pfarrhaus kommt nicht in Frage», meinte Stampfli entschieden.

«Warum?»

«Zu viele plärrende Kinder!»

«Oh. Dann im Kirchgemeindehaus.»

«Das werde ich abklären, sobald der Diakon von seiner Sitzung zurück ist.»

Eine weitere Gestalt in weissem Overall und Handschuhen trat aus der Kirchentür. Stampfli erkannte den blasierten Staatsanwalt Dr. Reinhard

Merian auf den ersten Blick nicht. Er trat sonst immer im Massanzug auf. Sie waren sich spinnefeind.

«Stampfli», wetterte Merian schon los. «Die Sache ist brandheiss: ein Mord in einer katholischen Kirche. Die Presse wird uns fertigmachen, wenn wir nicht unverzüglich Resultate vorzeigen können. Ich erwarte von Ihnen, dass Sie alles unternehmen, um diesen Fall so schnell wie möglich aufzuklären.»

«Ich werde mir Mühe geben, Herr Dr. Merian.»

«Mühe geben reicht nicht», murmelte der Staatsanwalt leise, aber vernehmlich. Er fuhr laut fort: «Und sagen Sie Ihrem Mitarbeiter, er soll den Tatort nicht mit seiner widerlichen Schokolade verunreinigen. Er hat in der Kantine zu essen, wie sich das gehört.»

Bonsai konnte ein Grinsen nicht verkneifen, was der Staatsanwalt aber nicht mehr sah. Er war wieder in der Kirche verschwunden.

Stampfli und sein Mitarbeiter mussten noch einige Minuten warten, bis der Diakon auftauchte, ein gutaussehender Mann mit schütteren, braunen Locken und blitzenden, dunkelblauen Augen. Er hatte sich offenbar beeilt, denn er war ausser Atem.

«Ich bin Georg Amstutz. Sie wollten mich sprechen?» Der Geistliche hatte eine tiefe, sympathische Stimme. «Meine Frau hat mich angerufen. Jemand ist in unserer Kirche ermordet worden? Ist das wahr? Wer ist es?»

«Leider müssen wir davon ausgehen», bestätigte der Ermittler. «Ich bin Heiri Stampfli von der Kantonspolizei und das ist Pierre Delafontaine. Es handelt sich um Melanie Hug. Sie wurde mit einem Messer erstochen.»

«Was, Frau Hug, die unbeliebte Archivarin?»

«Die Frau war nicht beliebt?»

«Ja, das kann man wohl sagen», bestätigte der Diakon. «Entschuldigung, ich kenne Ihren Dienstgrad nicht, Herr Stampfli. Wie muss ich Sie ansprechen?»

Der Ermittler lachte nur. «Ich bin Feldweibel* mit besonderen Aufgaben wie Herr Delafontaine auch. Aber das spielt keine Rolle. Wir bei der Kantonspolizei pflegen einander nicht mit Dienstgraden anzusprechen. Wir tragen ja auch zivile Kleidung. Waren Sie gestern bei der Kirchenchorprobe dabei?»

«Nein, ich singe nicht selbst mit, obwohl ich mit dem Chor stark verbunden bin und an wichtigen Anlässen teilnehme. Gestern Abend war ich zu Hause und habe gearbeitet. Nach der Probe hat mich unser Gemeindearbeiter Gabriel Winiger noch aufgesucht, um etwas zu besprechen.»

«Herr Amstutz, wir haben eine undankbare Aufgabe. Wir müssen alle 21 Kirchenchormitglieder wie auch den Dirigenten und den Organisten als Auskunftspersonen befragen, und zwar bald. Würden Sie uns das Kirchgemeindehaus für einige Tage zur Verfügung stellen, damit die Leute nicht alle in die Kripoleitstelle in der Stadt kommen müssen?»

«Im Prinzip wäre das möglich. Aber Sie gehen doch nicht wirklich davon aus, dass jemand vom Kirchenchor Frau Hug umgebracht hat? Das halte ich für ausgeschlossen.»

«Es kann natürlich auch ein Aussenstehender gewesen sein, aber es ist unsere Aufgabe, alles zu prüfen.»

«Ja, ich verstehe.» Der Diakon wischte sich den Schweiss von der Stirn. «Ich hole schnell den Schlüssel vom Kirchgemeindehaus. Sie können dort ihre Zeugen befragen, wenigstens in den nächsten Tagen. Bitte halten Sie mich auf dem Laufenden.»

«Selbstverständlich. Vielen Dank, Herr Amstutz. Könnten Sie uns eine Liste mit den Adressen und Telefonnummern der Kirchenchormitglieder und möglichst auch des Dirigenten und des Organisten beschaffen?»

«Kein Problem. Sie bekommen das bald.» Der Diakon eilte davon.

Heiri zückte sein Handy und verlangte Unterstützung.

DREI

Innerhalb kurzer Zeit hatten Mitarbeiter der Abteilung Leib und Leben der Kantonspolizei Zürich einen Raum im Kirchgemeindehaus eingerichtet. Die Liste des Diakons lag bereits vor. Die Befragungen konnten beginnen. Natürlich waren nicht alle Kirchenchormitglieder so schnell erreichbar, aber wenigstens ein paar davon.

Thomas Truffer, der Kirchenchorpräsident, kam zuerst, ein rundlicher, jovialer Mann mit offenem Gesicht. «Ja, Melanie war sehr unbeliebt. Sie hielt sich für etwas Besseres. Seit sie das Solo für Weihnachten bekommen hatte, war sie kaum mehr auszuhalten. Man soll ja über Tote nichts Negatives sagen, aber sie war ein fürchterliches Tratschweib. Sie war eine Intrigantin und hat über alle hübschen Frauen schlecht geredet.»

«Über jemanden im Speziellen?»

«Ja! Über Carmen Vico, die bisher die Solostellen gesungen hat, seit sie beim Chor war. Carmen ist jung und eine Schönheit. Alle lieben sie. Sie singt auch viel besser, als Melanie es tat.» Thomas Truffer lief dabei rot an. Es war offensichtlich, dass er zu den Bewunderern von Carmen gehörte.

«Hatte Frau Hug denn Feinde?», wollte Heiri Stampfli wissen.

«Niemand vom Chor mochte sie. Von einigen wurde sie regelrecht gemobbt.»

«Gemobbt?»

«Ja. Einer hat einmal einen nassen Schwamm mit farbiger Kreide auf ihren Stuhl gelegt, als sie sich setzen wollte.»

Bonsai lachte. «Das ist eher ein Kinderstreich.»

«Wer hat Frau Hug diesen Streich gespielt?», fragte Stampfli.

«Muss ich das sagen?»

«Ich denke, das müssen Sie.»

«Nun, es war Hansueli Meier. Er ist halt ein bisschen impulsiv, aber in Ordnung.»

Bonsai zückte Notizblock und Bleistift. «Wann haben Sie die Kirche gestern verlassen? Wohin sind Sie gegangen?»

«Wir sind wie immer im Restaurant „Leuen"* eingekehrt. Das Zusammensein nach der Probe ist genauso wichtig wie das Singen selbst. Ich habe nicht auf die Uhr geschaut, aber wir haben etwa zehn vor zehn oder fünf vor zehn die Kirche verlassen.»

«Zwischen 21.50 und 21.55 Uhr», notierte Bonsai gewissenhaft. «Wer war im „Leuen" dabei?»

«Ziemlich viele. Die lange Probe machte Durst.»

«Wer alles? Hansueli Meier?»

«Nein.» Thomas Truffer wechselte wieder die Farbe, als ihm klar wurde, dass er seinen Freund anschwärzen musste. «Er wollte nach Hause.»

«Okay, Herr Truffer. Machen Sie mir bitte bis Morgen Vormittag eine Liste mit den Kirchenchormitgliedern, die gestern nach der Probe im „Leuen“ eingekehrt sind, und eine zweite mit den Leuten, die bestimmt nicht dabei waren. Geht das?»

«Ja, sicher.» Der Kirchenchorpräsident begann zu schwitzen.

Stampfli hatte noch eine Frage: «Wer blieb auf der Empore zurück, als Sie die Treppe hinunterstiegen?»

«Auf jeden Fall Melanie Hug. Sie war immer die Letzte, weil sie als Archivarin die Noten sortieren und in den Schrank zurücklegen musste. Hansueli Meier und Fritz Zürcher haben die Stühle zusammengestellt. Mehr weiss ich nicht.»

«Der Dirigent und der Organist?»

«Die gingen früh zusammen weg, weil Alex Zumbühl, unser Chorleiter, den Organisten zum Hauptbahnhof fahren musste.»

«Okay. Im Moment ist das alles. Wir kommen auf Sie zurück, wenn wir weitere Fragen haben. Hier ist meine Visitenkarte. Sie rufen mich bitte an, falls

Ihnen noch etwas einfällt, egal, ob es Ihnen wichtig oder unwichtig erscheint. Jede Kleinigkeit kann entscheidend sein. Vielen Dank für Ihre Mitarbeit, Herr Truffer.»

Als Nächster war ein schlanker Mann mit Brille und wachem Blick an der Reihe.

«Grüezi*. Wie ist Ihr Name?», fragte Stampfli.

„Ich heisse Gabriel Winiger."

«Sie sind Gemeindearbeiter?»

«Ja.»

«Okay. Der Diakon, Herr Georg Amstutz, hat uns erzählt, dass Sie gestern Abend bei ihm waren, um etwas zu besprechen. Haben Sie als Letzter die Kirche verlassen?»

«Nein, fast als Erster, kurz nach dem Chorleiter und dem alten Organisten. Ich wollte den Diakon nicht warten lassen.»

«Der Organist ist alt?»

«Ja, Otto Haller ist schon 75. Deshalb muss ihn Alex manchmal fahren, wenn die Tochter keine Zeit hat. Otto wohnt in Bern.»

«Er kommt von Bern, um hier den Orgeldienst zu versehen?»

«Ja. Es gibt nicht genug Organisten.»

«Wann genau haben Sie die Kirche verlassen?» Bonsai hatte wieder Bleistift und Notizblock gezückt.

«Es muss unmittelbar nach dem Probenende gewesen sein: zwischen 21.45 und 21.50 Uhr.»

«Und Sie haben sich direkt zum Diakon begeben?», wollte Stampfli wissen.

«Ja. Allerdings habe ich auf dem Weg dorthin noch eine Zigarette geraucht.»

«Was mussten Sie denn Wichtiges mit dem Mann besprechen? Hätte das nicht bis zum nächsten Tag warten können?»

«Ich bin, wie gesagt, Gemeindearbeiter und dafür zuständig, dass an Weihnachten zwei Weihnachtsbäume in der Kirche stehen. Die sollte ich heute Morgen fällen. Ich musste mich mit dem Diakon über die Grösse einigen.»

«Und - haben Sie die Bäume gefällt?»

«Selbstverständlich.»

«Ist Ihnen auf dem Weg zum Haus von Herrn Amstutz irgendetwas aufgefallen? Eine fremde Person zum Beispiel?»

«Nein, ich war alleine auf dem Weg. Dann kamen wohl die anderen Kirchenchormitglieder, denn ich hörte, wie die Kirchentür aufging und jemand lachte.»

«Vielen Dank, Herr Winiger. Wenn Ihnen noch etwas einfallen sollte, etwas, was Sie beobachtet haben, rufen Sie mich bitte an.»

«Okay, gerne.» Auch Herr Winiger bekam eine Visitenkarte der Kantonspolizei.

Eine kleine alte Frau mit Stock betrat den Vernehmungsraum. Sie hatte ihre grauweissen Haare straff zu einem Dutt hochgesteckt. Hinter der unkleidsamen Brille sahen ihre Augen aus wie Schlitze. Sie marschierte energisch zu ihrem Stuhl und nahm umständlich Platz. Dann zeterte sie los: «Ich habe in meinem ganzen 85-jährigen Leben noch nie mit der Polizei zu tun gehabt. Was wollen Sie? Ich, Magdalena von Blumenthal, habe nichts mit dem Mord an Melanie Hug zu tun, obwohl ich finde, sie hat den Tod tausendmal verdient.»

«Grüezi, Frau Blumenthal. Ich bin Heiri Stampfli von der Kantonspolizei und dies ist mein Mitarbeiter Delafontaine. Wir haben nur ein paar Fragen an Sie.»

«Ich habe keine Lust, Ihre blöden Fragen zu beantworten. Sie stehlen mir nur meine Zeit.»

«Melanie Hug war Ihnen wohl nicht sympathisch?»

«Nicht sympathisch, nicht sympathisch! Melanie war eine eingebildete Gans. Sie meinte, sie sei die Callas von Zürich – mit ihrem fürchterlichen

Vibrato*. Gut, dass sie uns nicht mehr auf den Wecker geht.»

«Haben Sie eine Ahnung, wer die Frau ermordet haben könnte?»

«Oh, ihre eigene Bosheit hat sie umgebracht, davon bin ich überzeugt.»

«Okay, Frau von Blumenthal, sind Sie nach der Probe noch zum Umtrunk in den „Leuen" gegangen?»

«Oh nein, das mache ich nie. Wir vier Frauen vom Alt treffen uns nachher regelmässig zu einem Jass und einem Tee bei Liseli.»

«Bei Liseli?»

«Ja, bei Liseli Fischer. Bernadette Trachsler und Frieda Ermotti sind auch dabei.»

Bonsai schrieb die Namen in sein Notizbuch. «Sie sind gestern alle zusammen zu Liseli Fischer gegangen, um Karten zu spielen?»

«Sicher.»

«Und wann haben Sie die Kirche verlassen.»

«Nach der Probe.»

«Ist Ihnen nichts Aussergewöhnliches aufgefallen?»

«Was soll mir denn aufgefallen sein?»

«Okay, wir danken für die Auskunft, Frau von Blumenthal. Sie sind hiermit entlassen.»

«Hoffentlich auch. Es war mir kein Vergnügen», brummelte die Alte, bevor sie schnaufend aufstand und mit ihrem Stock zum Abschied an den Stuhl schlug.

«Uff», stöhnte Stampfli, nachdem die Tür hinter Frau von Blumenthal ins Schloss gefallen war. «Jetzt brauche ich etwas in den Magen. Ich bin am Verhungern.» Der Ermittler schätzte im Gegensatz zu Bonsai eine feine Mahlzeit. Er war ein strammer Mann mit muskulösen Oberarmen. Trotz dem sichtbaren Bauchansatz sah er nicht schlecht aus für seine 55 Jahre. Dichte, an den Schläfen bereits ergraute Locken umrahmten ein eher rundes Gesicht mit einer markanten Nase. «Komm Kleiner, wir gehen in die Pizzeria, die ich auf dem Weg hierher gesehen habe. Nachher können wir mit frischer Energie weitermachen. Die nächsten drei Chormitglieder habe ich erst in einer Stunde aufgeboten.»

Heiri packte Bonsai in seinen Opel. Sie fuhren zum Restaurant, das leider ziemlich voll war. Zum Glück bekamen sie noch einen kleinen Tisch neben der Theke. Der Ermittler bestellte eine grosse Pizza con Funghi e Salami con Mozzarella di Bufala*. Bonsai konnte sich nur für Spaghetti mit Tomatensauce erwärmen.

«Du bist schon kein Feinschmecker», meinte Heiri gutmütig und zeigte seine vielen Lachfalten.

«Nein, aber es gefällt mir so.» Bonsai ernährte sich in der Tat fast ausschliesslich von Toblerone*, Spaghetti, Pommes und - Pizza. Aber heute wollte er das nicht bestellen. Er war ein Fan von Fertigpizza. Trotz dieser ungesunden Ernährungsweise hatte der junge Mann kein Gramm zu viel auf den Rippen und war fit wie ein Turnschuh.

«Ein feines Glas Rotwein wäre jetzt der Hammer. Aber das liegt im Dienst nicht drin», meinte Stampfli mit Bedauern. Mit der riesigen Pizza hatte er keine Mühe. Wenn es einen schwierigen Fall zu lösen gab, bekam der Ermittler immer besonders viel Appetit.

Nach dem Essen kehrten die beiden ins Kirchgemeindehaus zurück. Es war noch niemand da.

«Bonsai, ruf doch bitte den Chorleiter, Alex Zumbühl, an und frag ihn, ob es stimmt, dass er gestern den Organisten Otto Haller zum Hauptbahnhof gefahren hat. Dann können wir die beiden von der Liste streichen.»

Bonsai griff zum Handy und konnte kurz darauf den Sachverhalt so bestätigen.

Es klopfte. Eine junge, ausserordentlich hübsche Frau mit langen, schwarzen Haaren und blitzenden, dunklen Augen kam hereingestöckelt.

«Das muss Carmen sein», dachte Bonsai amüsiert. Es war Carmen.

«Hallo. Mein Name ist Carmen Vico». Sie nahm elegant auf dem Stuhl Platz und schlug die Beine übereinander. Dabei stellte Bonsai fest, dass sie sehr schöne und schlanke Beine hatte. Auch ihr Busen war durchaus ansehnlich.

«Womit kann ich Ihnen dienen?» Ihre glockenhelle Stimme klang weich wie Samt.

Stampfli räusperte sich: «Frau Vico. Wir haben gehört, dass Sie in letzter Zeit die Sopransoli des Chores gesungen haben, bis Frau Hug nun an Weihnachten den Anfang des „Gloria" übernehmen sollte.»

«Das ist richtig.»

«War das für Sie nicht ärgerlich? Sie haben eine schöne Stimme, hat man uns erzählt.»

«Nein, gar nicht. Ich glaube, der Chorleiter hatte Melanie das Solo anvertraut, damit sie auch einmal im Zentrum stehen konnte. Es war ihr so wichtig. Es ist traurig, dass sie Weihnachten nicht erleben durfte.»

«Sie mochten Frau Hug?»

«Sie wurde von allen Chormitgliedern gehasst und gemobbt. Warum? Mir tat Melanie vor allem leid. Sie war nur eine ältere, mollige Frau, die Liebe brauchte. Hinter ihrem abweisenden Wesen versteckten sich vermutlich Unsicherheit und Angst vor Nähe. Jetzt ist sie umgebracht worden. Das ist furchtbar.»

«Sie haben Frau Hug nicht gehasst?»

«Nein.»

«Ist Ihnen in letzter Zeit etwas an Frau Hug aufgefallen? War sie irgendwie anders, ängstlich?»

«Mir ist nichts aufgefallen.»

«Waren Sie nach der Probe auch im „Leuen"?», fragte Bonsai, nachdem er einen Blick auf seinen Notizblock geworfen hatte.

«Nein. Ich musste noch aufs Klo. Als ich herauskam, waren die anderen bereits verschwunden. Ich hatte leichte Kopfschmerzen und bin nach Hause gegangen.»

«Befanden sich Hansueli Meier und Fritz Zürcher noch in der Kirche, als sie zur Toilette gingen? Sie ist ja draussen beim Friedhof.»

«Ich habe nicht darauf geachtet.»

«Haben Sie jemanden auf dem Weg zum WC gesehen oder nachher, als Sie rauskamen?»

«N-nein.» Carmen presste die Lippen zusammen.

«Sicher nicht?»

«Nein.»

«Sind Sie zu Fuss nach Hause gegangen?»

«Nein, mit dem Fahrrad.» Carmen fuhr sich mit der linken Hand durch die Haare.

«Hat Sie jemand gesehen?»

«Ich glaube nicht, warum fragen Sie?»

«Nur so. Hat Sie jemand zu Hause erwartet?»

«Nein, ich lebe alleine!»

«Wann sind Sie dort angekommen?»

«Ich habe nicht darauf geachtet.»

«Danke, Frau Vico. Wenn wir noch Fragen haben, melden wir uns wieder. Bitte halten Sie sich auf alle Fälle zu unserer Verfügung.»

«Okay, guten Abend». Und weg war die Schöne.

«Sie ist verdächtig», stammelte Bonsai, kaum war die Tür zu.

«Ja», meinte Stampfli lakonisch. «Auf jeden Fall sagt sie nicht die Wahrheit. Möglicherweise deckt sie den Mörder oder sie war es selbst. Dieses Gesäusel von wegen Mitleid mit Melanie glaube ich ihr auch nicht. Sie muss doch wahnsinnig eifersüchtig auf die Frau gewesen sein, die ihr die Solopartie wegnahm.»

«Wir werden sehen», stimmte Bonsai zu.

Es klopfte. «Ja!», rief Heiri.

Wieder ertönte ein leises Klopfzeichen. «Kommen Sie doch herein.»

Nichts. Bonsai stand auf und öffnete die Tür.

Ein buckliger Mann mit weissem Flaum auf dem spiegelglatten Schädel trat schlurfend ein.

«Wie ist Ihr Name?»

«Hä?»

«Wie heissen Sie? Ich bin Heiri Stampfli von der Kantonspolizei und das ist mein Mitarbeiter Delafontaine.»

«Hä?»

Nach endloser Fragerei stellte sich heraus, dass der Mann im Bass sang und Hans Winter hiess. Er trug zwar in beiden Ohren ein Hörgerät, aber die Unterhaltung war mehr als mühsam. Er hatte nichts gesehen und nach der Probe mit den anderen den „Leuen“ besucht.

Entnervt schickte ihn Stampfli nach Hause. Der Mann hatte mit Sicherheit nichts mit dem Mord zu tun.

«Mein Gott, was tut so einer in einem Kirchenchor? Er hört ja kaum etwas», beschwerte sich Bonsai.

«Wahrscheinlich ist er im Quartier beliebt und deshalb wollte ihn niemand zurückweisen», meinte Stampfli. «Seine Stimme ist so leise, da hört man es nicht, wenn er falsch singt.»

Die Nächste, Marili Schneeberger vom Sopran, war jung und fad. Man musste jeden Satz aus ihr herausklauben. Sie hatte weder Beobachtungen gemacht noch eine Meinung zum Geschehen und sie war im „Leuen“ dabei gewesen. Ihre Stimme ähnelte einem Vogelgezwitscher.

«Ist nicht leicht, einen Kirchenchor zu leiten», meinte der Ermittler, nachdem die Frau den Raum verlassen hatte. «Wir hören auf für heute. Morgen führen Heinz und Sonja die Befragungen durch. Wir beide haben um 9 Uhr eine Sitzung in der Kripoleitstelle. Hoffentlich hat der Rechtsmediziner bis dann erste Erkenntnisse. Ich kann dich nicht in meinem Auto mitnehmen. Du bist ja mit deiner Vespa gekommen.»

«Egal. Ich fahre gerne ein bisschen durch die Nacht. Schlaf gut, Heiri.»

«Du auch, Bonsai.»

VIER

Am nächsten Morgen fand das Treffen um 9 Uhr in der Kripoleitstelle an der Kasernenstrasse in der Nähe des Zürcher Hauptbahnhofs statt. Es nahmen teil: Alex Stammbach, der Brandtouroffizier*, der Rechtsmediziner Dr. Otto Balzli, Staatsanwalt Dr. Reinhard Merian, ein Vertreter der Informationsabteilung, ein Forensiker namens Anton Loosli, und natürlich Stampfli und Bonsai.

Alex Stammbach eröffnete die Sitzung. «Tschau zäme*. Ihr wisst alle, worum es geht? Ein Mitglied des Kirchenchors ist gestern Morgen in der St. Fabian Kirche erstochen aufgefunden worden. Heiri Stampfli und Bonsai haben die ersten Befragungen durchgeführt. Zuvor wurde der Tatort von unseren Forensikern gründlich untersucht. Anton Loosli, gibt es da schon Erkenntnisse?»

«Wir haben unzählige Fingerabdrücke gesichert, aber ich denke nicht, dass das irgendetwas bringt. Die Tatwaffe haben wir bisher nicht gefunden.»

«Otto Balzli?»

«Viel kann ich nicht bieten. Ich habe die Frau zusammen mit meinem Kollegen Dr. Schmidt obduziert. Sie wurde von hinten mit einem langen Messer erstochen, es kann sich um ein spezielles Küchenmesser handeln. Der Stich ging direkt unter dem linken Schulterblatt durch ins Herz. Das erklärt das viele Blut, bis der Tod nach kurzer Zeit eintrat. Abwehrspuren gibt es keine, also auch keine DNA unter den Fingernägeln, woraus wir Rückschlüsse auf den Täter oder die Täterin ziehen könnten. Das Opfer stand an der Brüstung und hat den Mörder oder die Mörderin wohl nicht bemerkt, bis es zu spät war. Etwas Wichtiges gibt es allerdings: Vermutlich wurde die Tat von einem Linkshänder/einer Linkshänderin begangen. Diesen Schluss lässt der Einstichwinkel zu. Das schränkt sicher den Kreis der Verdächtigen ein. Der Vollständigkeit halber muss ich aber sagen, dass auch ein Rechtshänder mit der linken Hand zustechen kann. Es ist jedoch eher selten der Fall.»

Staatsanwalt Dr. Reinhard Merian, der heute wieder geschniegelt im Massanzug und mit einem gestärkten weissen Hemd auftrat, zog bei dieser Bemerkung verächtlich eine Augenbraue hoch. «Stampfli, damit haben Sie ein Kriterium, nach welchem Sie die vielen Kirchenchormitglieder befragen können. Das dürfte Sie nicht überfordern.» Er fuhr dabei mit der rechten Hand über seine mit Haarspray behandelten schwarzen Haare. Er kam aus dem Basler Geldadel und hielt sich für etwas Besseres. «Haben Sie Neuigkeiten, Herr leitender Ermittler? Sie wissen, dass der Mord höchste Priorität hat? Wir wollen nicht, dass die Presse uns in Stücke reisst.» Er warf dem Vertreter der Informationsabteilung einen vernichtenden Blick zu.

Stampfli schluckte. Er würde den Schnösel Merian am liebsten stundenlang ins Gesicht schlagen. Leider war dieser ein glänzender Staatsanwalt und somit unantastbar. Heiri antwortete mit steinerner Miene: «Gestern Abend haben wir immerhin eine Verdächtige gefunden: Carmen Vico. Sie hätte ein Mordmotiv, allerdings ein schwaches. Sie kann kein Alibi vorweisen und hat bei der Vernehmung Unsicherheiten gezeigt. Weitere Kirchenchormitglieder wurden heute Morgen von Heinz und Sonja befragt. Unsere Abteilung hat im Kirchgemeindehaus einen provisorischen Besprechungsraum eingerichtet, damit nicht alle zu uns in die Kripoleitstelle kommen müssen. Ich fahre jetzt sofort wieder nach Witikon», versprach er.

Die Teilnehmer beschlossen, die Sitzung zu beenden. Morgen um die gleiche Zeit würden sie sich erneut treffen.

FÜNF

Am Nachmittag sichteten Heiri und Bonsai im Kirchgemeindehaus Witikon die Berichte von ihren Kollegen Heinz und Sonja. Die Listen des Kirchenchorpräsidenten Thomas Truffer lagen inzwischen ebenfalls vor, eine Liste mit den Kirchenchormitgliedern, die vermutlich nach der Probe den „Leuen“ besucht hatten, eine zweite mit den Namen derjenigen, die sicher nicht dabei waren. Es konnten noch nicht alle Sänger und Sängerinnen befragt werden, aber erstaunlich viele, denn die Mehrzahl von ihnen hatte bereits das Pensionsalter erreicht.

«Überalterung, wie oft in den Chören», sagte Stampfli. «Isabelle Wasmer-Winter, die Tochter von Hans Winter, und Werner Berner, Bass, waren ebenfalls im „Leuen“, gemäss Bericht unserer Kollegen Heinz und Sonja». Mit Hilfe von Bonsai ergänzte er die Listen und erstellte eine Gesamtübersicht.

Berner Werner, Bass	im Leuen
Ermotti Frieda, Alt	beim Jassen
Fischer Liseli, Alt	beim Jassen
Haller Otto, Organist	im Auto
Meier Hansueli, Tenor	?
Münger Christian, Bass	krank?
Münger Jasmin, Tochter von Christian, Alt	im Leuen
Schneeberger Marili (jung, fad), Sopran	im Leuen
Trachsler Bernadette (Apothekerin), Alt	beim Jassen
Truffer Thomas, Kirchenchorpräsident, Bass	im Leuen
Vico Carmen, früher Solistin, Sopran	?
von Blumenthal Magdalena, Alt	beim Jassen
Wasmer-Winter Isabelle, Sopran	im Leuen
Weiss Fridolin, Bass	krank?
Winiger Gabriel, Tenor	beim Diakon
Winter Hans (taub), Bass	im Leuen
Zemp Alex, Bass	im Leuen
Zemp Alice, Frau von Alex, Sopran	im Leuen
Zürcher Fritz, Tenor	im Leuen
Zürcher Fränzi, Frau von Fritz, Sopran	im Leuen
Zumbühl Alex, Chorleiter	im Auto

Stampfli brummte: «Ich bin diesem Restaurant „Leuen" unendlich dankbar. Man muss fast eine Viertelstunde zu Fuss gehen bis zur Wirtschaft. Mit dem Auto ist es nicht viel schneller, weil es keine direkte Strasse gibt. Wenn nicht beinahe alle Kirchenchormitglieder dort gewesen wären, hätten wir ein Riesenproblem. Auch die jassenden Frauen fallen weg.»

Bonsai ergänzte: «Fränzi Zürcher, die Frau von Fritz Zürcher, wartete im Kirchenschiff auf ihren Mann. Nachdem dieser die Stühle zusammen mit Hansueli Meier weggeräumt hatte, begaben sich Herr und Frau Zürcher auch in den „Leuen".»

Hansueli Meier musste noch vernommen werden. Stampfli konsultierte die Liste des Diakons und fand die Handynummer. Er erreichte ihn nach dem dritten Versuch. Der Ermittler bestellte ihn für den Abend ins Kirchgemeindehaus.

Christian Münger und Fridolin Weiss (beide Bass) waren nicht an der Probe erschienen und krankgemeldet. Herr Weiss hatte schon die Woche zuvor wegen Grippe gefehlt.

Mit dem Stift in der Hand griff der Ermittler zum Telefon und wählte die Nummer des Diakons. «Herr Amstutz, hier Stampfli von der Kantonspolizei. Es tut mir leid, dass ich Sie nochmals störe. Sie sagten bei unserem Gespräch, dass Herr Gabriel Winiger gestern nach der Probe zu Ihnen gekommen sei. War dies unmittelbar nach der Probe?»

«Ja, unmittelbar nachher. Ich habe auf die Uhr geschaut. Herr Winiger erwähnte noch, er habe sich beeilt. Er wollte mich nicht warten lassen.»

«Ist es möglich, dass Herr Winiger auf dem Weg ins Pfarrhaus geraucht hat?»

«Ja, er hat leicht nach Rauch gestunken. Er weiss, dass ich das im Haus nicht schätze wegen der Kinder.»

«War Herr Winiger irgendwie aufgeregt oder war er ruhig?»

«Wieso fragen Sie das? Er war völlig ruhig und normal wie immer. Ist das alles?»

«Ja, Herr Amstutz. Danke für die Auskunft.»

«Also Bonsai, halte fest, Gabriel Winiger hat die Wahrheit gesagt. Er ist unmittelbar nach der Probe zum Diakon gegangen. Ich bin gespannt auf Hansueli Meier. Ausser Carmen ist er vermutlich der Einzige, der kein Alibi hat.»

Die beiden Ermittler arbeiteten die Listen nochmals genau durch.

Da klopfte es energisch an der Tür. Der Erwartete trat ein, ein kräftiger, muskulöser Mann mit leicht gerötetem Gesicht. Man sah ihm an, dass er hin und wieder einen über den Durst trank.

«Guten Tag, Herr Meier. Sie haben am Telefon mit mir gesprochen. Ich bin Heiri Stampfli von der Kantonspolizei. Dies ist mein Mitarbeiter Delafontaine.»

«Tag», brummte der Mann nicht sehr freundlich. «Was wollen Sie von mir?» Er setzte sich unaufgefordert auf den Stuhl vor dem Vernehmungstisch.

«Nun, wir haben ein paar Fragen an Sie. Sie haben gestern nicht mit den anderen den „Leuen“ besucht. Weshalb?»

«Ich hatte keine Lust. Ist das verboten?»

«Nein, natürlich nicht. Sind Sie direkt nach Hause gegangen?»

«Ja, bin ich. Hätte ich zuerst um Erlaubnis fragen sollen?» Sein Gesicht wurde noch röter.

Stampfli blieb ruhig. «Haben Sie vor der Kirche etwas beobachtet? Hat Sie jemand gesehen?»

«Nein.»

«Leben Sie alleine oder hat jemand auf Sie gewartet?»

«Jetzt habe ich aber genug von Ihren verdammten Fragen.» Er schlug mit der Faust auf den Tisch. «Ich lebe allein und das geht nur mich etwas an.»

«Wenn Sie kein Alibi für die Zeit haben, in der Melanie Hug ermordet wurde, geht uns das schon etwas an, Herr Meier. Oder was denken Sie?»

Der Mann erblasste. «Okay. Ich ging nach Hause, weil ich leichte Kopfschmerzen hatte. Seit heute Morgen bin ich erkältet.» Er putzte sich die Nase. Es tönte glaubhaft.

«Halten Sie sich bitte zu unserer Verfügung. Es kann sein, dass wir noch weitere Fragen haben. Das ist im Moment alles.»

Hansueli Meier verschwand ziemlich kleinlaut.

Stampfli schob den Stuhl zurück. «Natürlich ist er weiterhin verdächtig», meinte er, «aber ich denke nicht, dass er es war.»

Es blieb Carmen Vico. Sie hatte auch kein Alibi.

Da klopfte es erneut. Bevor Bonsai etwas sagen konnte, wurde die Tür aufgerissen.

«Guten Abend, ich bin Jasmin Münger, die Tochter von Christian Münger. Ich dachte, ich komme heute vorbei, denn morgen bin ich den ganzen Tag weg.»

«Okay, Frau Münger, nehmen Sie Platz. Sie waren nach der Probe im „Leuen" und haben für die Tatzeit ein Alibi. Ihr Vater hat sich krankheitshalber entschuldigen lassen?»

«Ja, sein Herz macht ihm immer wieder zu schaffen. Die Adventszeit ist eine grosse Belastung für ihn.

«Kannten Sie Melanie Hug näher?»

«Nur von den Proben. Ich sitze im Alt, Melanie hat im Sopran gesungen. Wir hatten nicht viel miteinander zu tun. Zum Glück. Sie war ein fürchterliches Tratschweib.»

«Das hat schon jemand erzählt», wandte Bonsai ein. «Was hat sie denn so getratscht?»

«Nun, ich habe bei der vorletzten Probe gehört, wie sie rumerzählt hat, Carmen mache auffällig viele Besuche beim Diakon. Ob Frau Amstutz nichts dagegen habe, wenn ihr Mann in fremden Gefilden jage?»

«Das ist gemein», pflichtete Stampfli bei. «Hat Frau Hug über alle Sängerinnen solche netten Bemerkungen gemacht?»

«Sie war eifersüchtig auf alle gutaussehenden Frauen, auf Carmen jedoch ganz besonders.»

«Ist Ihnen bei der letzten Probe etwas aufgefallen? Haben Sie jemanden vor der Kirche gesehen, bevor Sie in den „Leuen“ gingen?»

«Nein, tut mir leid.»

«Dann wünschen wir einen schönen Abend und ihrem Vater gute Besserung. Vielen Dank, Frau Münger.»

«Gute Nacht.»

Damit war der letzte Besuch verschwunden.

Stampfli und Bonsai schrieben noch ihre Berichte und fuhren zurück zur Kripoleitstelle.

Als sie in den Opel stiegen, meinte Heiri: «Zunächst gilt es herauszufinden, wer von den Chormitgliedern Linkshänder ist. Wir erstellen ja von jeder Aussage ein Protokoll und lassen die Betreffenden unterschreiben. Das ist unauffällig. Ich bin gespannt, wer mit links unterschreibt. Bei dieser Gelegenheit müssen alle, die im „Leuen“ eingekehrt sind, befragt werden, neben wem sie gesessen haben. Die Listen des Kirchenchorpräsidenten könnten fehlerhaft sein. Bis in zwei Tagen sollten wir fertig sein.»

SECHS

Die Sitzung am nächsten Morgen brachte kaum Neues zutage. Stampfli rapportierte, dass ausser Carmen Vico auch Hansueli Meier kein Alibi habe.

«Und? Was ist mit der Abklärung, ob unter den Chormitgliedern ein Linkshänder ist? Haben Sie das noch nicht verifiziert, Stampfli?» fragte der Staatsanwalt Dr. Merian. Er betrachtete dabei eingehend seine manikürten Finger.

Der Ermittler hätte ihm am liebsten ein Glas Wasser über den feinen Anzug gekippt, aber er antwortete stoisch: «Wir beeilen uns, diese Untersuchung bis morgen Abend fertigzustellen, Herr Staatsanwalt.»

«Ja, beeilen Sie sich, beeilen Sie sich. Ich hatte heute ein Telefonat mit dem Dekan des Pastoralraumes. Die Sache hat äusserste Priorität, Herr Stampfli. Wir können es uns nicht leisten, hier zu bummeln. Das Ansehen der Kirche und das der ganzen Abteilung Leib und Leben stehen auf dem Spiel.»

Später, als sich der Ermittler und der sympathische Rechtsmediziner Otto Balzli auf dem Gang begegneten, legte dieser einen Arm um Stampfli und sagte: «Zaubern musst du, Heiri, zaubern. Hast du das nicht gewusst?» Sie lächelten und verstanden sich ohne Worte.

In den nächsten zwei Tagen wurden alle Chormitglieder gebeten, die Protokolle zu unterschreiben und zu bezeugen, neben wem sie im „Leuen“ gesessen hatten. Insbesondere wurden sie gefragt, ob ihr Tischnachbar/ihre Tischnachbarin vorzeitig nach Hause gegangen sei. Die Listen des Kirchenchorpräsidenten stellten sich als fehlerfrei heraus. Carmen und der herzkranke Christian Münger waren die einzigen Linkshänder. Für eine Verhaftung von Carmen brauchte es aber noch mehr Indizien.

Am Donnerstag darauf entschied Heiri Stampfli spontan, den Diakon zusammen mit Bonsai zu besuchen. Sie meldeten sich nicht an, denn sie wussten, dass Herr Amstutz an diesem Tag zu Hause arbeitete. Sie wurden freundlich empfangen und zu einem Tee eingeladen.

«Meine Frau ist leider nicht da, sie besucht am Donnerstag immer ihre Mutter, zusammen mit den Kindern. Dann habe ich hier etwas mehr Ruhe zum Arbeiten», meinte der Diakon entschuldigend, als sie sich im Wohnzimmer rund um einen Salontisch setzten. «Ich bringe Ihnen Tee, wenn Sie nur ein paar Minuten warten.»

Stampfli und Bonsai hatten nichts dagegen. Auf dem Tisch stand eine Glasschale mit bunt eingepackten Pralinen. Bonsai machte Stielaugen. Bei seiner Schokoladensucht war die Versuchung gross, sich ein Stück zu schnappen. Im Papierkorb lagen unzählige leere Hüllen. Stampfli schüttelte stumm den Kopf, als Bonsai immer näher rutschte. Da kam der Diakon zum Glück zurück mit dem Tee und trockenem Konfekt.

Nachdem er den Tee serviert hatte, wollte Herr Amstutz wissen, weshalb die Polizei gekommen war.

«Ja - eine Chorsängerin hat uns erzählt, dass Frau Hug schlecht über gewisse weibliche Kolleginnen gesprochen hat», begann der Ermittler vorsichtig.

«So? Das kann ich mir vorstellen», erwiderte der Diakon.

In diesem Moment ertönte ein Klirren aus der Küche. Offenbar war ein Glas zu Boden gefallen.

«Ist Ihre Frau nach Hause gekommen?», wollte Bonsai wissen.

«Nein, äh, das ist Carmen Vico. Sie ist gerade am Putzen.»

«Carmen Vico arbeitet bei Ihnen?»

«Ja, einmal die Woche. Sie kommt am Donnerstag, weil dann die Kinder ihr nicht in die Quere kommen.»

«Aha», meinte Stampfli. «Dies ist vermutlich der Grund, weshalb ein solches Gerücht entstehen konnte. Frau Hug hat angedeutet, Sie hätten ein Verhältnis mit Frau Vico. Ist das so?»

«Nein, nein. Natürlich nicht.» Der Diakon war plötzlich kreideweiss im Gesicht und leckte sich die Lippen. «Wenn das der Grund Ihres Besuches ist, kann ich sie beruhigen.» Seine Hand fuhr nervös in die Schale mit den Pralinen, er packte drei Stück aus und stopfte sie in den Mund. Die Verpackungen liess er nachlässig auf den Tisch fallen.

Dann fragte er abrupt: «Wollen Sie auch eine Praline? Das Konfekt ist leider etwas trocken, ich weiss.» Er knüllte die glänzenden, farbigen Papierchen zusammen und beförderte sie zu den anderen in den Papierkorb.

Bonsai musste man nicht zweimal auffordern. Er wählte eine rot eingewickelte Praline und kostete sie mit einem Lächeln in den Augen. Unmittelbar darauf verzog er den Mund. Die Schokolade war mit süssem Likör gefüllt, und der junge Ermittler fand das so widerlich, dass er die Nascherei fast ausgespuckt hätte.

«Haben Sie sonst noch Fragen?» Der Diakon hatte sich inzwischen wieder gefasst.

«Nun - wie Sie uns mitgeteilt haben, besitzen Sie einen Schlüssel für die Kirche. Ist er an seinem Platz?»

Herr Amstutz stand eilig auf und ging zum Schreibtisch. «Ja, der Kirchenschlüssel liegt immer in dieser Glasschale zusammen mit dem Emporenschlüssel. Es sind beide da.»

«Sie bewahren die Schlüssel offen auf? Es könnte also jeder, der Zugang zu Ihrem Wohnzimmer hat, einen mitnehmen, ohne dass es Ihnen auffallen würde?»

«Ach nein, das müsste ich merken. Ich habe sie immer so aufbewahrt. Wenn das alles ist, bitte ich Sie, mich wieder alleine zu lassen. Ich muss arbeiten.»

Die Ermittler verabschiedeten sich.

«Allein mit Carmen Vico», brummte Heiri, kaum hatten sie im Opel Platz genommen. «Hast du gesehen, Bonsai, wie der Mann erschrocken ist, als wir ihm von dem Gerücht erzählt haben? Und wie er dann die Pralinen reinstopfte? Ein reines Gewissen hat er nicht. Seine Frau hat vier Kinder, und das fünfte ist unterwegs. Nicht gut.»

«Ja, und die Schlüssel liegen einfach da. Jeder hätte sich bedienen können.»

SIEBEN

Als Stampfli und Bonsai wieder in der Stadt waren, wurde in der Kripoleitstelle eine spontane Sitzung der Abteilung Leib und Leben anberaumt.

Der Ermittler ergriff das Wort: «Carmen Vico ist Linkshänderin. Sie hat kein Alibi und das Wichtigste: Sie hat ein Motiv. Die ermordete Melanie Hug hat herumerzählt, Carmen Vico habe ein Verhältnis mit dem verheirateten Diakon Georg Amstutz. Wir haben den Mann heute besucht und kamen zum Schluss, dass das Gerücht vermutlich begründet ist. Carmen Vico ist als Putzfrau im Pfarrhaus beschäftigt, und zwar am Donnerstag. An dem Tag fährt die Frau des Geistlichen regelmässig zu ihrer Mutter und nimmt die Kinder mit.»

«Verhaften, aber sofort!», befahl Staatsanwalt Merian. «Worauf warten Sie noch, Stampfli?»

«In drei Tagen feiern wir Weihnachten!» Das war Rechtsmediziner Dr. Balzli.

«Was geht mich das an? Die Frau muss ja nicht vor Weihnachten jemanden umbringen.»

«Ob sie wirklich die Mörderin ist, wissen wir nicht. Es ist ja vorläufig nur ein Verdacht», wandte Stampfli ein. «Dazu kommt: Sie wäre nicht allein betroffen, sondern ein ganzer Chor und damit eine ganze Gemeinde. Nachdem die Solosängerin

Melanie Hug tot ist, wird Carmen Vico den Anfang des „Gloria“ übernehmen müssen.»

«Es wird ja wohl nicht nur eine Frau geben, die diese wenigen Noten plärren kann…!»

«Das ist richtig, Herr Staatsanwalt, aber wenn wir jetzt Carmen Vico verhaften und deshalb eine andere Solistin engagiert werden muss, wird eine solche Unruhe entstehen, dass der Chor unmöglich singen kann. Die Flucht- und Verdunklungsgefahr ist nicht gravierend, weil die Verdächtige von unseren Haftplänen bisher keine Ahnung hat.»

«Meinetwegen, dann verhaften Sie Carmen halt nach der Mitternachtsmesse. Das ist mein letztes Wort.» Damit rauschte Dr. Merian aus dem Zimmer.

«Ich soll an Weihnachten jemanden verhaften? Ich hätte nie gedacht, dass ich einmal so handeln muss.» Heiri schüttelte traurig den Kopf.

Der Rechtsmediziner Otto Balzli klopfte ihm auf die Schulter. «Komm, wir gehen zusammen einen Kaffee trinken.»

«Jetzt brauche ich eher einen Schnaps!», stöhnte der Ermittler verzweifelt.

ACHT

Am gleichen Abend in Witikon:

Der Chorleiter klopfte energisch an sein Notenpult. «Nein, nein, nein! Ich will keine sterbenden Schwäne. Jetzt den Atem stützen, die Spannung bis zuletzt aufrechterhalten, nicht einfach abbrechen. Bitte nochmals ab Takt 54. Leise bis zum kräftigen „Agnus Dei“. Den Schluss will ich absolut pianissimo*, aber der Atem muss strömen.»

Konzentriert sang der Chor die schwierige Schlusspassage bis zum „Dona nobis pacem“. Der letzte Ton der Tenöre verklang rein.

Diesmal war Alex Zumbühl zufrieden. «Viel besser. Genauso müsst ihr es an Weihnachten machen. Wir haben am Sonntag noch eine Vorprobe um 22.00 Uhr. Wir beginnen pünktlich. Bitte haltet euch mit Essen und Trinken etwas zurück. Ein voller Bauch singt nicht gern. Ich danke euch herzlich für euren Einsatz. Nachher treffen wir uns trotz des tragischen Tods von Melanie im „Leuen“. Wir müssen das verarbeiten. Ich komme später nach und werde noch das kurze „Gloria“ mit Carmen üben. Sie wird das wie immer gut meistern. Ich wollte den Part Melanie geben, um ihr ein bisschen Freude zu bereiten. Nun ist es anders gekommen. Aber wir wollen das Beste aus dieser schwierigen Situation machen.» Alle standen erleichtert auf. Die Stimmung war gedämpft gewesen. Die letzten zwei Stunden hatten von jedem Sänger vollen Einsatz verlangt. Alex galt als strenger Chorleiter, aber entsprechend gut gelangen die Aufführungen in den Gottesdiensten. Natürlich gab es immer ein paar Chormitglieder, die herummaulten, weil ihnen das längere Einsingen nicht passte. Allen konnte er es nicht recht machen.

Die letzte Chorprobe vor Weihnachten war zu Ende. Carmen nahm die Noten und stellte sich an die Brüstung der Empore. Der Organist Otto Haller schmunzelte.

NEUN

Die Mitternachtsmesse hatte rechtzeitig begonnen. Die St. Fabian Kirche war bis auf den letzten Platz besetzt. Heiri und Bonsai sassen in der hintersten Reihe.

«Gloria in excelsis Deo». Der Lobgesang von Carmen stieg jubelnd bis zum Gewölbe empor. «Mein Gott, kann die Frau singen!», flüsterte Stampfli. Bonsai biss sich auf die Lippen. Die kleine Orgelmesse Nr. 7 in B von Joseph Haydn ertönte ohne hörbare Fehler, der Chor gab sein Bestes. Es störte nicht, dass die Kirchenpflege aus Spargründen auf das Engagement einer Berufssängerin und eines Orchesters verzichtet hatte. Das Benedictus erklang in einer rein instrumentalen Fassung für Orgel. Die Überraschung kam zur Kommunion: Carmen sang, nur von Otto Haller begleitet, das berühmte Stück „Panis Angelicus" von César Franck. Ihr langes Solo war schlicht und wunderschön, ihre geschulte Stimme glockenhell und rein. Einige Gottesdienstbesucher wischten sich vor Ergriffenheit Tränen weg.

«In einem solchen Moment hasse ich meinen Beruf», beteuerte Stampfli, als sie das harmonische Ausgangsspiel in der Bank sitzend abwarteten. Es dauerte, bis die Chormitglieder samt Chorleiter und Organist die Treppe herunterkamen. Carmen war eine der Letzten.

Der Ermittler trat auf sie zu. «Frau Vico. Wir müssen Sie leider mitnehmen. Sie werden verdächtigt, den Mord an Frau Melanie Hug begangen zu haben.»

Carmen schaute ihn nur ungläubig mit grossen Augen an und sagte nichts. Sie kam widerstandslos mit.

ZEHN

Die zarte Frau wurde von zwei Polizisten in den Verhandlungsraum geführt - sie verschwand beinahe zwischen den bulligen Männern. Diese geleiteten sie zu einem unbequemen Stuhl vor dem Metalltisch.

Staatsanwalt Dr. Merian führte selbst die Befragung durch:

«Frau Vico, sind Sie geständig, Frau Melanie Hug am Donnerstag, den 14. Dezember, in der St. Fabian Kirche Witikon mit einem Messer erstochen zu haben?»

«Nein.»

«Sie haben kein Alibi für die Tatzeit?»

«Leider nicht.»

«Frau Vico. Gestehen Sie, dass Sie eifersüchtig auf Frau Hug waren, weil sie an Weihnachten ein Solo singen sollte, das eigentlich Ihnen zustand?»

«Sicher nicht. Ich gönnte ihr dieses Solo.»

«Es ist aber richtig, dass Frau Hug im ganzen Chor unbeliebt war? Sie haben sie auch nicht gemocht?»

«Ich habe schon einmal zu Herrn Stampfli gesagt, dass ich Mitleid mit ihr hatte.»

«Sie hatten also Mitleid, obwohl Frau Hug das Gerücht verbreitete, Sie hätten eine Affäre mit dem verheirateten Diakon Amstutz? Sie wussten davon?»

Keine Antwort.

Stampfli ergriff das Wort: «Frau Vico, haben oder hatten Sie eine Affäre mit Diakon Amstutz?»

«Nein.»

«Sprechen Sie mir deutlich nach: Ich habe oder hatte keine Affäre mit Diakon Amstutz.»

Carmen presste die Lippen zusammen und wiederholte den Satz unbeirrt.

Der Ermittler zog hörbar die Luft ein. Entweder hatte ihn sein sprichwörtliches Bauchgefühl betrogen oder Carmen log wie gedruckt.

Der Staatsanwalt fuhr weiter: «Herr Heiri Stampfli hat Sie am Tag nach dem Mord befragt. Ich stelle die gleiche Frage noch einmal. Sie haben nicht die Wahrheit gesagt: Haben Sie jemanden vor der Kirche gesehen, als Sie das Klo aufgesucht haben, oder nachher, als Sie rauskamen?»

Keine Antwort.

«Frau Vico, decken Sie den Täter?»

«Nein. Okay, ich habe einen Schatten gesehen, aber ich habe niemanden erkannt.»

«Sie haben einen Schatten gesehen. Der Schatten hat nicht zufällig einen Namen? War es jemand vom Chor? Ein Mann oder eine Frau?»

«Keine Ahnung. Nur ein Schatten. Mehr nicht.»

«Und wo war dieser Schatten? Wohin bewegte er sich?»

«Er ist hinter einem Gebüsch verschwunden. Ich bin nicht einmal sicher, ob ich ihn wirklich gesehen habe.»

«Okay, Frau Vico. Das wäre alles für heute.»

Die Frau wurde weggeführt.

Staatsanwalt Merian stellte sich vor die beiden Ermittler und grunzte wütend: «Ich bin zwar immer noch davon überzeugt, dass wir die Mörderin haben, aber mit den bisherigen Indizien kann ich sie nicht festnageln. Ich lasse die Frau frei. Ich muss. Kein Haftrichter würde eine Untersuchungshaft beim Zwangsmassnahmengericht beantragen, wenn wir nur so wenig in der Hand haben. Es liegt jetzt an Ihnen, meine Herren Stampfli und Delafontaine, zu beweisen, dass Frau Vico ein Verhältnis mit Diakon Amstutz hatte. Wenn das der Fall ist, haben wir einen nachhaltigen Verdacht gegen sie. Und es wird ja wohl möglich sein, die Tatwaffe zu finden. Abgesehen davon hat auch Hansueli Meier kein Alibi, wie Sie mir gesagt haben. Nur weil Sie glauben, dass er nicht der Mörder ist, kann er es ja doch sein.

Ich veranlasse jetzt Hausdurchsuchungen bei den beiden Verdächtigen. Ich werde ausserdem beantragen, dass ihre Telefonverbindungen des letzten Monats ausgewertet werden. Und die Umgebung der Kirche wird nochmals weiträumig abgesucht. Haben wir uns verstanden, Stampfli?»

Der Ermittler seufzte und machte sich mit Bonsai vom Acker.

ELF

Zwei Tage später:

Bonsai hatte am Nachmittag frei. Statt einen Ausflug an den See zu unternehmen oder shoppen zu gehen, bestieg er seine Vespa und fuhr nach Witikon. Er wollte sich nochmals ein genaues Bild vom Tatort machen. Er betrat die St. Fabian Kirche und versuchte, zur Empore hinaufzusteigen. Daran hinderte ihn ein eisernes Gitter. Es brauchte einen Schlüssel, um hinaufzugelangen. Richtig, der Dekan hatte gesagt, der Kirchenschlüssel liege immer zusammen mit dem Emporenschlüssel in der Glasschale auf dem Schreibtisch. Dann war aber der Aufgang zur Empore offen, als der Sakristan in der Mordnacht die Kirchentür abschloss. Melanie befand sich ja noch oben. Der Kirchendiener hatte übersehen, dass das Gitter nicht abgeschlossen war. Warum? Er musste das Licht löschen und einen Blick auf die Treppe zur Empore werfen, um sicher zu sein, dass niemand zurückblieb. Hatte er das nicht getan? Wenn nein, gab es dafür einen Grund? So viele Fragen!

Die Tatwaffe war immer noch nicht gefunden worden. Bonsai wollte sich auf die Steinbank vor der Kirche setzen. Als er um die Ecke bog, sass da Carmen Vico. Sie war in sich zusammengesunken und weinte bitterlich.

«Kann ich Ihnen helfen?», fragte er betreten. Die Frau schüttelte nur den Kopf und weinte noch mehr. Nachdenklich ging Bonsai weiter zum Teich, der rechts von der Kirche lag. Die Forensiker hatten das Wasser minutiös nach der Tatwaffe abgesucht, genauso wie das Gotteshaus und die ganze Umgebung. Bonsai beobachtete einen Sperling, der badete und wie wild spritzte. Dann hüpfte der Vogel auf das Ablaufrohr, das von einer kunstvollen modernen Plastik in die Tiefe führte. Nachdem das Tierchen weggeflogen war, betrachtete Bonsai das Rohr genauer. Und was sah er? Einen Knauf. Der junge Ermittler ergriff aufgeregt sein Handy und rief im Kripohauptquartier an. Eine halbe Stunde später stellten die Forensiker die Tatwaffe sicher und mussten sich vorhalten lassen, dass sie ihre Arbeit nicht richtig gemacht hatten.

Es gab keine Fingerabdrücke. Das Küchenmesser war lang und scharf und konnte in jedem Fachgeschäft gekauft werden.

Die Hausdurchsuchungen und die Prüfung der Telefonverbindungen bei Carmen Vico und Hansueli Meier hatten keinerlei Ergebnisse gebracht. Letzterer wies ein Arztzeugnis vor, das eine starke Erkältung in der Woche vor Weihnachten bestätigte.

Eine weitere Befragung des Sakristans, Franz Müller, ergab, dass der Alte in der Mordnacht betrunken und kaum mehr dazu fähig war abzusperren, geschweige denn, irgendwelche relevanten Beobachtungen zu machen.

ZWÖLF

Carmen betrat die Kirche. Die Bänke waren alle leer, die Empore zu. Mit hängenden Schultern schlich sie nach vorne zum Marienaltar und fiel auf die Knie. Sie bekreuzigte sich, zog ihren Rosenkranz aus der Handtasche und begann leise schluchzend zu beten:

«Im Namen des Vaters und des Sohnes und des Heiligen Geistes.» Sie sprach innig das Glaubensbekenntnis und schloss mit «Ehre sei dem Vater und dem Sohn und dem Heiligen Geist wie im Anfang, so auch jetzt und allezeit und in Ewigkeit. Amen. Maria, o Maria. Hilf einer armen Sünderin.»

Tränen liefen ihr über die Wangen, während sie weiter murmelte:

«Gegrüsset seist du, Maria, voll der Gnade, der Herr ist mit dir. Du bist gebenedeit unter den Frauen und gebenedeit ist die Frucht deines Leibes, Jesus. Heilige Maria, Mutter Gottes, bitte für uns Sünder jetzt und in der Stunde unseres Todes. Amen.» Zwanzig Minuten lang betete sie die schmerzhaften Geheimnisse des Rosenkranzes, endend mit „Jesus, der für uns das schwere Kreuz getragen hat" und „Jesus der für uns gekreuzigt worden ist".

Dann brach sie zusammen, warf sich vor dem Altar zu Boden und stammelte: «Maria, bitte, bitte, hilf mir. Ich weiss nicht mehr weiter. Gnadenreiche Mutter Maria, ich habe nicht gelogen, als ich dem

Ermittler sagte, ich hätte keine Affäre mit Georg Amstutz. Ich hatte keine Affäre, ich habe ihn geliebt, schon seit ich 17 Jahre alt war. Du weisst, wie ich gelitten habe, als meine Mutter von mir verlangte, die Liebe meines Lebens aufzugeben. Als ich im Sommer den Dienst im Pfarrhaus aufnahm und in meinem Vorgesetzten den früheren Geliebten erkannte, war es um mich geschehen. Nach einer gewissen Zeit konnten wir beide nicht mehr widerstehen. Ich weiss, es war eine schreckliche Sünde. Georg und ich haben furchtbar gelitten, aber wir konnten nicht voneinander lassen. Stampfli muss es irgendwie rausgekriegt haben. Er stellte ganz eindeutige Fragen. Natürlich will Georg seine Ehe nicht länger aufs Spiel setzen und hat mir gestern mitgeteilt, dass er mich nicht mehr sehen will. Er hat mir per sofort gekündigt. Das ist für mich das Ende. Ich weiss weder ein noch aus. Wie soll ich hier leben und im Kirchenchor singen und dabei wissen, dass mein Glück nur ein paar Meter weiter weg lebt und für mich unerreichbar ist? Alle Lebensfreude ist erloschen, heilige Mutter Maria, steh mir bei und vergib mir meine Sünde.»

In diesem Moment hörte Carmen ein leises Geräusch. Sie blickte sich rasch um, sah aber niemanden. Sie hatte sich das wohl nur eingebildet. Ihre Konzentration war jedoch gestört. Sie stand auf, setzte sich noch für einige Minuten in eine

Kirchenbank und verliess die Kirche so still, wie sie gekommen war.

Zuhause legte sie sich aufs Bett und liess die vergangenen Jahre nochmals Revue passieren. Ihre Erinnerungen waren zum Teil recht quälend:

Der Vater hatte getrunken, zuerst nur an den Wochenenden, dann fast jeden Tag. Er verlor seine Arbeit und wurde gewalttätig. Sie würde die Nacht vor seinem Tod nie mehr vergessen.

Er hatte den ganzen Abend im Wirtshaus verbracht und Karten gespielt. Der halbe Monatslohn war dabei draufgegangen. Papa war entsprechend schlechter Laune. Wütend schleuderte er die Brieftasche auf den Tisch und lallte: «Mehr gibt's nicht. Jetzt heisst es, den Gürtel enger schnallen.»

Als die Mutter bleich wurde und sich bekreuzigte, packte er sie an den Haaren und schleifte sie zum Hausaltar. «Du musst Gott bitten, uns Geld zu schicken! Deine Mama hat ja genug. Was muss sie so lange leben?» In diesem Moment stolperte er über die Katze und fiel schräg rückwärts hin. Dabei knallte er mit der Schläfe gegen den Stubentisch. Er war sofort tot. Es gab eine polizeiliche Untersuchung, aber mit dem übereinstimmenden Zeugnis von Mutter und Tochter wurde die Leiche schnell freigegeben. Jeder im Quartier wusste, dass der Mann ein Trunkenbold gewesen war.

Nach dem Tod des Ernährers musste Mama arbeiten gehen. Sie beschloss, ihr Kind in eine Klosterschule in der Innerschweiz zu schicken. Das Geld dazu stellte die Grossmutter zur Verfügung. Carmen nahm von ihren Jugendfreunden und -freundinnen Abschied. Sie hatten viele Jahre lang ihre Freizeit zusammen verbracht. Es flossen Tränen. Doch das Mädchen gewöhnte sich rasch an die neue Umgebung. Sie war eine gute Schülerin und das geordnete strenge Leben in einer Klosterschule sagte ihr sehr zu. Nach einiger Zeit konnte sie sich nichts anderes mehr vorstellen, sie trug sich mit dem Gedanken, später Nonne zu werden. Bis eines Tages ein neuer Lehrer für Religion auftauchte: Georg Amstutz. Er hatte seine Gelübde noch nicht abgelegt und sprang nur aushilfsweise für eine schwer erkrankte Lehrerin ein. Sie waren sich von Anfang an sympathisch. Nach dem Unterricht pflegten sie noch ein wenig zu plaudern.

Eines Tages sah Carmen ungewöhnlich bleich aus, was dem aufmerksamen Lehrer sofort auffiel. «Ist Ihnen nicht gut? Kann ich Ihnen helfen?», fragte er, nachdem die anderen Schülerinnen das Klassenzimmer verlassen hatten.

Carmen schüttelte erst den Kopf, dann wollte sie leise wissen: «Wie ist es in der Hölle, Herr Amstutz?»

«In der Hölle? Was meinen Sie damit?»

«Ich habe heute Nacht geträumt, mein Vater sei in der Hölle.»

«Kommen Sie, wir gehen in den Obstgarten, wo wir ungestört sind. Das müssen wir nicht hier besprechen.» Er nahm Carmen am Arm und führte sie in den weitläufigen Garten hinter dem Kloster.

Das Mädchen erzählte dem Lehrer von ihren Ängsten und Nöten. Plötzlich brach ein Damm, sie berichtete unter Tränen von ihrer verkorksten Jugend mit dem immer betrunkenen und gewalttätigen Vater, mit der Mutter, die sich in ihrer Verzweiflung in Gebete und heilige Schriften flüchtete. Sie hatte ihre Tochter kaum beachtet. Nur in der Schule und mit ihren gleichaltrigen Spielkameraden hatte Carmen eine schöne Zeit verlebt.

Georg Amstutz nahm seine Aufgabe ernst. Er versuchte, das Mädchen zu trösten. Da ihm dies am ersten Abend nicht gelang, verabredeten sich die beiden ein zweites, ein drittes, ja, ein viertes Mal. Es gab viel zu bereden. Bald wurde es zur Gewohnheit, dass Carmen im Obstgarten auf ihren Lehrer wartete. Eines Tages schlug der junge Mann vor, sich im benachbarten Wäldchen zu treffen, damit es nicht so auffiel. Er erzählte Carmen von seinen Studien, von seinen Lieblingsbüchern, von seinen musikalischen Vorlieben. Sie trafen sich immer wieder im Wald, wobei Carmen vorgab, Pilze für die Klosterküche zu suchen. Sie brachte auch regelmässig welche mit. Georg hatte sie vorher gesammelt.

Eines Tages kam ihr Georg mit einem riesigen Strauss Margeriten entgegen, die er auf einer Wiese gefunden hatte. Seine blauen Augen leuchteten, er erreichte das Mädchen mit grossen Schritten. «So schöne Blumen», stammelte Carmen und küsste ihn zum Dank auf die Wange. Da war plötzlich etwas anders. Sie schauten sich stumm an und bewegten sich nicht. Dann nahm Georg sie in die Arme und berührte ihre Lippen ganz zart mit dem Mund. «Carmen», flüsterte er. «Du bist wunderschön, so wunderschön. Ich glaube, ich habe mich in dich verliebt.» Und er küsste sie noch einmal, diesmal heftiger. Seine Zunge glitt zwischen ihre Lippen. Carmen wusste nicht, wie ihr geschah. Die ganze Welt versank, es gab nur noch Georg: Georg, der sie liebte und der sie küsste, so dass sie fast den Verstand verlor. Sie sehnte sich nach ihm, nach seinem Körper, konnte ihm nicht nahe genug kommen. Er war alles, was sie sich immer gewünscht hatte. Als er behutsam eine Hand in ihren Ausschnitt gleiten liess, setzte sie ihm keinen Widerstand entgegen.

Das nächste Mal brachte er eine Decke mit. Sie legten sich darauf und schmusten lange, bis Georg das Mädchen aus den Kleidern schälte und sie zusammen die Freuden der Liebe entdeckten.

Es kam, wie es kommen musste. Sie flogen auf. Carmens Mutter lief Amok und holte ihr Kind nach Hause. Kurzentschlossen reiste Georg Carmen nach und bat um ihre Hand. Doch ihre Mama liess nicht mit sich reden. Das Mädchen war noch minderjährig und ein Priesteranwärter kam nicht in Frage, auch wenn er bereit gewesen wäre, auf die Priesterweihen zu verzichten und sich mit dem Stand eines Diakons zu begnügen. Carmen musste in ein anderes Internat eintreten. Einige Zeit hatten die Liebenden brieflichen Kontakt, doch mit der Zeit wurden die glühenden Zeilen von Georg immer weniger und schliesslich blieben sie aus. Carmen litt unsäglich, aber was sollte sie machen? Sie hatte keinen Beruf, kein Einkommen, war von Mutter und Grossmutter abhängig. Der Spass an der Schule war ihr vergangen und das klösterliche Leben eine Last. Sie schmiss die Matura und verliess das Internat, um einen Job als Haushalthilfe anzunehmen. Im Laufe der Jahre hatte sie für drei verschiedene Familien gearbeitet. Als sie in der Zeitung las, dass eine Stelle in einem Pfarrhaus in Witikon frei wurde, war sie sofort interessiert. Ihre Mutter war zwei Monate vorher gestorben. Carmen hatte ihr Elternhaus geerbt und beschloss, in Zukunft wieder dort zu wohnen.

Sie rief bei der angegebenen Nummer an. Als sich eine Frau Amstutz meldete, dachte sich Carmen nichts dabei. Die Frau hatte bereits vier Kinder und erwartete ein fünftes. Sie brauchte dringend Hilfe. Ihre sympathische Stimme tönte müde:

«Frau Vico, könnten Sie am nächsten Donnerstagnachmittag vorbeikommen? Ich bin dann allerdings weg. An diesem Tag besuche ich mit den Kleinen immer meine Mutter. Mein Mann, der Diakon, hat so Musse, seine Predigt vorzubereiten, und Sie können das ganze Haus in Ruhe putzen. Wäre es Ihnen möglich, jedesmal fünf Stunden zu arbeiten?»

«Ja. Einverstanden. Ich bin es gewohnt, viele Zimmer am gleichen Tag zu reinigen.» Carmen liess sich die genaue Adresse geben. Sie fand es zwar seltsam, dass sie mit dem Ehemann alleine im Haus sein sollte. Aber er war ein „Ständiger Diakon"*, ein verheirateter Geistlicher, und bestimmt keine Gefahr.

Am nächsten Donnerstag klingelte sie pünktlich um 13.00 h beim Pfarrhaus. Eine Frau war gerade dabei, ihre Kinderschar ins Auto zu packen. «Hallo, Frau Vico. Ich bin Frau Amstutz. Wir freuen uns, dass Sie uns beistehen wollen. Wir brauchen Sie dringend. Die letzte Haushalthilfe hat uns Hals über Kopf verlassen. Ihr Mann wurde unheilbar krank und sie muss ihn ganztags pflegen. Jetzt sollte ich aber los. Der Diakon ist in seinem Zimmer am Ende des Ganges.» Und sie öffnete die Haustür.

Carmen war zwar etwas eingeschüchtert, doch sie trat ein und ging zielstrebig den Flur entlang. Dort führte eine Tür zu einem geräumigen Büro. Ein Mann sass an einem Schreibtisch und schrieb. Als Carmen eintrat, stand er auf und kam ihr entgegen.

«Ge-ge-ge-org» stotterte sie aufgewühlt. Der Raum begann sich zu drehen und sie bekam keine Luft mehr. Ihre Handtasche fiel zu Boden. Fast wäre Carmen auch gefallen, wenn der Hausherr sie nicht gehalten hätte. Ihr schwanden die Sinne und sie erwachte erst, als sie auf einem Ledersofa im Arbeitszimmer lag. Georg kniete neben ihr und kühlte ihre Stirn mit einem nassen Lappen.

«Geht's wieder, Carmen?», murmelte er besorgt.

Langsam kam sie in die Wirklichkeit zurück. «Du bist der Diakon? Du hast deine ewigen Gelübde nicht abgelegt, du hast die Priesterweihen nicht bekommen?»

Georg lächelte etwas hilflos. «Ich bin zum Schluss gelangt, dass ich für den Zölibat nicht geeignet bin. Dann bin ich Corinne begegnet, habe sie geheiratet und nun bin ich bald fünffacher Vater. Meine Arbeit hier in der Gemeinde Witikon bedeutet mir viel. Ich wurde vor sieben Monaten zum „Ständigen Diakon"* geweiht, ich bin ja bald sechsunddreissig Jahre alt.»

«Okay, ich denke, das war's dann. Ich sollte diesen Job nicht annehmen. Sag deiner Frau, ich hätte es mir anders überlegt. Ich gehe jetzt und wünsche dir viel Glück auf deinem weiteren Lebensweg.»

«Nein, Carmen, warte, warte. Wir sind wirklich sehr verzweifelt und brauchen eine Haushalthilfe. Meine Frau kommt nicht zurecht mit vier kleinen Kindern. Sie hat ausserdem Schwangerschaftsbeschwerden. Kannst du wenigstens bleiben, bis wir jemand anderen gefunden haben?»

Sie schluckte und schluckte. Eine Weile sagte sie nichts. Jede Woche hier vorbeikommen und putzen, Georg sehen und Abstand halten wie eine Fremde? Okay, sie würde es versuchen.

Zuerst ging es gut. Carmen verrichtete ihre Arbeit und ging Georg aus dem Weg. Dann fragte er sie eines Tages nach ihrer Meinung zu einer Predigt. Unversehens waren sie wieder in einer theologischen Diskussion gefangen, so wie früher. Sie merkten nicht einmal, wie sie sich erneut näherkamen. Es wurde ihnen zur Gewohnheit, das Thema der nächsten Sonntagspredigt zu diskutieren. Carmen war eine gute Gesprächspartnerin.

Der Tag kam, an dem Georg ihr anvertraute, dass seine Ehefrau sich nur noch um ihre Kinder kümmere und ihm die kalte Schulter zeige. «Es ist passiert, als sie zum letzten Mal schwanger wurde. Hätte ich doch damals nur auf dich gewartet, Carmen. Ich habe immer noch Gefühle für dich.»

Carmen vergass zu atmen, als er die Arme um sie legte und sie heftig küsste. Seine warme Zunge fand ihren Weg zwischen ihre Lippen, sie konnte nicht widerstehen. Sie liess sich bereitwillig zum Ledersofa ziehen. Von diesem Tag an war sie Georgs Geliebte. Jeden Donnerstag verbrachte sie zuerst eine Stunde mit Staubsaugen, während er an der Predigt arbeitete. Dann gingen sie zusammen ins Bett. Später erledigte sie den Rest der Hausarbeit. Wenn sie sich beeilte, wurde sie rechtzeitig fertig.

Es dauerte ein paar Wochen, bis Carmen merkte, dass ihr Liebster begonnen hatte zu trinken. Erst waren es nur ein paar Bier oder Wein zu viel, mit der Zeit fing er damit an, zusätzlich Likörpralinen in sich hineinzustopfen. Er trank wohl gegen sein schlechtes Gewissen. Sie stellte ihn deshalb zur Rede, doch er stritt alles ab. Es habe nichts mit ihr zu tun und er sei absolut nicht abhängig.

«Ich bin verrückt nach dir, Carmen. Ohne dich würde ich die Ehe mit Corinne kaum aushalten. Du bist mein Engel. Du tust ein gutes Werk, indem du mir deine Liebe schenkst.»

Sie wollte es nur allzu gerne glauben. Bis der Mord in der Kirche geschah und der Ermittler Heiri Stampfli seine Fragen stellte.

Da bekam Georg kalte Füsse und beendete die Liebesbeziehung mit den Worten: «Es kann so nicht weitergehen. Ich muss dir leider kündigen. Ich habe eine Verpflichtung meiner Frau und der Kirche gegenüber.»

Halb blind vor Tränen, stolperte Carmen zur Haustür, öffnete sie leise und verschwand aus dem Leben des Diakons.

DREIZEHN

Stampfli murmelte: «Der Heilige Geist war es bestimmt nicht, der in der St. Fabian Kirche einen Mord begangen hat. Das ist ein Scheissfall!» Er verlor langsam die Geduld. Er und Bonsai hatten die Kirchenchormitglieder diskret befragt. Es war bekannt, dass Carmen beim Diakon saubermachte, doch es ergaben sich keine weiteren Verdachtsmomente. Stampfli rief kurz entschlossen seine Tochter Susanne an. Das tat er immer, wenn ihm die Belastungen des Berufes über den Kopf wuchsen. Susanne war im Kanton Solothurn in der Nähe von Aarau als Organistin beschäftigt und wohnte in Erlinsbach.

Heute hatte er Glück. Sie war zu Hause und nicht in einer der vielen Kirchen, in denen sie zu spielen pflegte. Dort hätte sie nämlich ihr Handy auf lautlos gestellt.

«Hallo Susanne. Wie geht es dir?»

«Hallo Papa. Ausgezeichnet, nur bin ich im Moment gestresst. Ich habe morgen den fünften Einsatz in zehn Tagen. Und du? Hast du wieder einen unlösbaren Fall und brauchst Ablenkung?»

«Kannst du Gedanken lesen? Ich glaube, ich werde noch trübsinnig, und selbst Bonsai mit seiner Frohnatur gelingt es nicht, mich aufzuheitern. Darf ich dich zu einem gediegenen Abendessen einladen?»

«Wenn's denn unbedingt sein muss», zog ihn Susanne auf.

Stampfli überhörte ihr leises Lachen und erschrak. «Ja, ich will dir nicht zur Last fallen.»

«Tust du nicht, Papa, ich habe Spass gemacht. Ich komme sehr gerne mit dir essen.»

«Da bin ich aber froh», erwiderte der Ermittler erleichtert. «Würdest du mir ein Restaurant empfehlen? Ich könnte dich gegen 18.00 Uhr abholen. Geht das?»

«Ja, um die Zeit sollte ich fertig sein. Holst du mich in der katholischen Kirche in Lostorf ab? Komm auf die Empore, zur Orgel. Die Haupttür ist geschlossen, du musst den Nebeneingang auf der Seite des Friedhofs nehmen.»

Als Heiri pünktlich kurz vor 18.00 Uhr durch die Seitentür eintrat, blieb er ergriffen stehen. Susanne spielte gerade das Air von Bach, weil sie wusste, dass ihr Vater das Stück so liebte. Sie hatte durch das Fenster den Opel des Ermittlers erkannt und sogleich die entsprechenden Noten aufgeschlagen.

Als der letzte Ton verklungen war, stieg Heiri die gewundene Treppe zur Empore hinauf und begrüsste sein Töchterchen herzlich. Natürlich gab es noch zwei Zugaben. Susanne liess es sich nicht nehmen, ihre „Hausorgel“ im besten Licht zu zeigen.

«Und, wohin gehen wir?», wollte der Ermittler wissen, sobald sie im Auto sassen.

«Ich habe gedacht, du würdest gerne etwas Neues kennenlernen. Ich habe schon oft in der «Eintr8» in Schafisheim gegessen und bin noch nie enttäuscht worden. Ich kenne die Besitzer von Erlinsbach her, wo sie bis vor vier Jahren das Restaurant «Eintracht» bewirtschafteten.»

Als Vater und Tochter sich im lichtdurchfluteten und gemütlichen Wintergarten gegenüber sassen, kam Susanne rasch zur Sache. «Du hast einen schwierigen Fall. Ich weiss, was dich beschäftigt. Ich habe dich im Fernsehen vor der St. Fabian Kirche in Witikon gesehen. Es gab einen Mord und eine Frau wird verdächtigt, aber ihr tappt offenbar im Dunkeln.»

«Du denkst doch hoffentlich nicht, dass ich jetzt meine Schweigepflicht breche? Du weisst genau, dass ich darüber nicht sprechen darf.»

«Das ist mir schon klar.» Susanne strich sich die langen Haare aus dem Gesicht. Sie hatte sie vor einer Woche braunrot gefärbt. «Wie gefällt dir meine neue Haarfarbe?»

«Hm, nicht schlecht. Gibt einen Farbtupfer im kalten Winter.»

Susanne schmunzelte. «Papa, ich weiss mehr, als du denkst. Ich habe mich beim Organisten der St. Fabian Kirche erkundigt. Er ist mit mir schon lange auf Facebook befreundet. Letzte Woche haben wir uns auf ein Glas Wein getroffen, und ich habe ihn ausgequetscht.»

«Pfft! Seit wann interessiert sich mein Töchterchen für Kriminalfälle? Ich habe gedacht, du steckst deine Nase nur in Noten?»

«Du weisst halt noch nicht alles von mir. Otto, so heisst der Organist, hat mir viel erzählt. Er ist 75 Jahre alt und wohnt in Bern. Er war auf dem Nachhauseweg, als der Mord passierte. Trotzdem ist er orientiert. Verschiedene Kirchenchormitglieder haben ihn angerufen.»

«Okay, du weisst ein bisschen Bescheid und hast Mitleid mit deinem Vater. Gibt es denn etwas, was mir weiterhelfen würde?» Stampfli verdrückte mit Genuss die Vorspeise, eine gebratene Peperoni* mit Knoblauch an einer Olivenöl-Marinade.

«Noch nicht. Aber das könnte sich ändern. Es wäre mir möglich, als Hilfsorganistin in der St. Fabian Kirche einzuspringen. Otto würde gerne einige Orgeldienste abgeben.»

«Untersteh dich. Ich will nicht, dass du dich einmischst. Das ist viel zu gefährlich. Da ist ein Mord passiert, und der Mörder oder die Mörderin läuft noch frei herum. Wenn du rumschnüffelst, wirst du selbst zur Zielscheibe.»

«Wenn du meinst», beschwichtigte ihn Susanne, wobei sie sich vornahm, auf jeden Fall nach eigenem Gutdünken zu handeln.

Heiri war beim Hauptgang angelangt. Er hatte zehn hausgemachte Black-Angus Ćevapčići* mit Rösti* bestellt. Er nannte die Kombination eines osteuropäischen und eines schweizerischen Nationalgerichtes «Verheiratung der Kulturen». Auf der Karte gab es die Auswahl Bratkartoffeln, Pommes oder Fladenbrot. Aber der Ermittler hatte schon immer einen eigenen Geschmack.

Susanne tat sich an Black-Tiger Riesencrevetten Montenegro mit viel Knoblauch und Zitronenreis gütlich.

«Was tut sich an der Musikfront?», fragte Heiri, bevor er die letzte Gabel Rösti in den Mund schob.

«Viel, ein bisschen zu viel», meinte Susanne. «Diese Woche bereite ich noch einen Jugendgottesdienst mit Rise-up* Liedern auf dem Keyboard vor.»

«Und da willst du unbedingt auch noch in Zürich spielen! Vergiss es.»

Als sie bei den Desserts* angelangt waren, einem hausgemachten Soufflé glacé mit Eiercognac* und einer mit Früchten garnierten Mousse au chocolat*, die sie redlich teilten, bewegte sich die Konversation wieder in friedlicheren Bahnen.

«Das nächste Mal koche ich für dich, Papa. Ich habe ein neues Gericht kreiert: Zitronenspaghetti. Das wird dir schmecken.»

Der Ermittler war begeistert und die gute Laune nach dem feinen Mahl und der Gesellschaft seiner Tochter wiederhergestellt. Nachdem er sie vor ihrer Wohnung in Erlinsbach abgeliefert hatte, pfiff er auf dem ganzen Weg nach Zürich freche Liedchen.

VIERZEHN

6. Januar, Dreikönigstag:

Die Weihnachtsmesse wurde an diesem Tag traditionell noch einmal aufgeführt. Der Chor hatte wiederum sein Bestes gegeben, doch Carmen war nicht in Form. Ihre Stimme hatte die Strahlkraft eingebüsst. Die Fortissimi* kamen nicht zur Geltung und die Töne waren zu tief angesetzt.

Nach dem Ende des Gottesdienstes ging der Chorleiter zu Carmen und klopfte ihr beschwichtigend auf die Schulter, um sie zu trösten: «Kopf hoch. Das kann schon mal passieren, Liebes. Du bekommst wahrscheinlich eine Erklärung. Trink einen warmen Tee.»

Nach einem Kirchenchoreinsatz gab es jeweils als kleines Dankeschön für alle einen Becher Hagebuttentee und Plätzchen. Diese variierten je nach Angebot. Heute bestanden sie aus einem Stück Dreikönigskuchen sowie bunt eingepackter Schokolade.

Thomas Truffer, der Kirchenchorpräsident, holte Carmen fürsorglich zum niedrigen Notenschrank, worauf zwei riesige Teekannen, ein Korb mit Kuchen und eine Schachtel mit bunten Schokokugeln standen. Er liess es sich nicht nehmen, ihr selbst einzuschenken und ein Gebäck in die Hand zu drücken. «Nimm und trink noch einen zweiten warmen Tee, das tut dir gut.»

Carmen nickte und blieb beim Ausschank stehen. Sie hatte schwarze Ringe unter den Augen, richtig elend sah sie aus. Nachdem sie getrunken und ein kleines Stück vom Dreikönigskuchen abgebissen hatte, riss sie sich zusammen und half Thomas und Hansueli Meier beim Verteilen des Tees und der Süssigkeiten an die Kirchenchormitglieder. Nach einigen Minuten kam wie immer der Diakon Georg Amstutz dazu. Er schüttelte dem Organisten und dem Chorleiter die Hand, warf Carmen einen kurzen, prüfenden Blick zu und ging zum Teeausschank. Dort erhielt er einen vollen Becher. Er erblickte die bunt eingepackten Pralinen, ergriff fünf Stück, stopfte die Hüllen achtlos in seine Hosentasche und die Schokolade in den Mund.

«Pfui Deibel», zeterte in diesem Moment Magdalena von Blumenthal. Sie hob wütend ihren Stock in die Höhe. Sie spuckte ihre Praline kurzerhand auf den Boden. «Da ist ja Schnaps drin. Wo habt ihr die widerlichen Dinger her?»

Thomas und Hansueli sahen sich an und zuckten mit den Schultern. «Sei nicht so streng, Magdalena. Hat wohl jemand gespendet. Wir haben hier noch andere Schokoplätzchen. Willst du eines?»

«Hä?» fragte Hans Winter, der kein Wort verstanden hatte. «Was für Kätzchen?»

Es gab einen ziemlichen Aufruhr. Melanie Münger entfernte die ausgespuckte Schokolade mit einem Papiertaschentuch.

Georg Amstutz benutzte die Gelegenheit, um sich noch vier Pralinen zu holen, worauf er sich zur Orgel begab. Er verwickelte den Chorleiter in ein Gespräch über die Pläne für Ostern, während er die Süssigkeiten gierig verschlang.

«Vie'eicht 'önnten wir an O'tern 'ogar eiin Or'ester eein'etzen. Es 'ibt eine 'Irchen'ängerin, die 'iimlich viil 'Eld 'espendet hat*.»

Alex Zumbühl runzelte die Stirn. Mein Gott, der Diakon war ja völlig betrunken. Hatte er so viele Likörpralinen gegessen? Aber das konnte ja nicht sein. Er hatte wohl schon vorher gebechert. Es war dem Chor bereits mehrfach aufgefallen, dass Georg gerne ein Glas über den Durst trank.

Der Chorleiter fasste ihn am Arm. «Komm, ich bringe dich nach Hause. Deine Frau wartet sicher auf dich.»

«Neiiin. Ieso denn!» Georg entwickelte plötzlich Bärenkräfte und schüttelte Alex ab. Dann wiegte er den Kopf hin und her und stürmte auf die gewundene Holztreppe zu. Er torkelte, stolperte und stürzte Kopf voran hinunter. Er blieb regungslos liegen.

Thomas Truffer hatte sich als Erster gefasst und eilte zum Verletzten. Er nahm dabei zwei Stufen auf einmal, dicht gefolgt von Alex, der sich Vorwürfe machte, weil er Georg nicht festgehalten hatte.

Der Diakon war scheinbar unverletzt, versuchte sogar aufzustehen, aber er schaffte es nicht und verlor das Bewusstsein. Thomas nahm sein Handy aus der Tasche und rief die Ambulanz an. Nach weniger als zehn Minuten betraten zwei Männer mit einer Trage den Kirchenraum.

«Was ist passiert?», wollten sie wissen, als sie den schlaffen Körper in den Ambulanzwagen packten.

«Er ist völlig besoffen die Treppe hinuntergestürzt!», meinte Magdalena von Blumenthal missbilligend. Sie stand wie ein Racheengel auf ihren Stock gestützt neben dem Auto. Ihre Augen verschwanden fast hinter der hässlichen Brille.

Die Choristen diskutierten leise auf der Empore. Keiner wollte mehr Tee, und Thomas Truffer versorgte die restlichen Süssigkeiten in der Schachtel. Eine Viertelstunde später war die Kirche leer.

Der Kirchenchorpräsident machte sich schweren Herzens auf zum Pfarrhaus. Einer musste Corinne Amstutz informieren, dass ihr Mann mit der Ambulanz ins Spital* Zollikerberg gebracht worden sei. Sie war nicht da.

FÜNFZEHN

Heiri Stampfli hatte die Sonntagszeitung fertiggelesen und hörte eine CD mit Klaviersonaten von Joseph Haydn, als ihn ein Anruf erreichte. Der Brandtouroffizier Alex Stammbach meldete einen schweren Unfall in der St. Fabian Kirche Witikon. «Es heisst, der Diakon Georg Amstutz sei nach dem Dreikönigsgottesdienst betrunken die Emporentreppe hinuntergestürzt. Da an diesem Ort vor Weihnachten ein Mord geschehen ist, hat man mich vorsichtshalber informiert.»

«Was! Der Diakon. Das darf doch nicht wahr sein. Da ist etwas faul im Staate Dänemark. Ich werde die Angelegenheit mit Bonsai und unseren Forensikern sofort an die Hand nehmen. Es scheint mir am wichtigsten, dass wir den Unfallort so schnell wie möglich absichern. Schön, dass du heute Pikettdienst* hast, Alex.»

Alex Stammbach konnte dem nur beipflichten. Er wollte in einer halben Stunde in der Kirche sein.

Zum zweiten Mal sperrte die Kantonspolizei den Kirchenraum weiträumig ab. Die Untersuchungen nahmen ihren Lauf.

Am nächsten Morgen wurde Heiri von einem Arzt des Spitals Zollikerberg informiert, dass Georg Amstutz in der Nacht an den Folgen seiner Verletzungen gestorben war. Er hatte eine schwere

Hirnblutung erlitten. Eine Operation konnte ihn nicht mehr retten.

SECHZEHN

Zwei Tage später fand wieder eine Sitzung in der Kripoleitstelle statt.

«Was haben wir?», bellte Dr. Reinhard Merian.

Der Rechtsmediziner Otto Balzli stand auf. «Ich habe den Mann zusammen mit meinem Kollegen Dr. Schmidt zur Sicherheit obduziert. Ihr werdet es kaum glauben: Es war Mord, kaltblütig geplanter Mord. Die Ambulanz nahm irrtümlich an, Georg Amstutz habe zu viel Alkohol getrunken. Er hatte wohl sehr viel intus und er ist auch die Treppe hinuntergestürzt, aber schuld war nicht der Schnaps. Nach dem Hinweis von Heiri Stampfli habe ich genauer nachgeschaut und festgestellt: Amstutz hat eine Überdosis Oxycodon hydrochlorid bekommen, und zwar in flüssiger Form. Oxycodon ist ein Schmerzmittel zur Behandlung von starken Schmerzen. Es ist rezeptpflichtig und darf nur unter regelmässiger ärztlicher Kontrolle verwendet werden. Bei einer Überdosis, speziell in Verbindung mit Alkohol, wird die Atmung verlangsamt, der Blutdruck sinkt dramatisch, und es treten narkoseartige Zustände auf. Es war damit zu rechnen, dass Georg Amstutz die Treppe hinunterfallen würde. Wäre nicht schon einmal ein Mord in der St. Fabian Kirche verübt worden, hätten keine weiteren Untersuchungen stattgefunden und der Sturz wäre als Unfall infolge Trunkenheit durchgegangen.»

«Nach dem Hinweis von Stampfli? Was soll das heissen? Woher kommen diese Erkenntnisse? Und wie hat das Opfer das Oxycodon abgekriegt?»

Stampfli ergriff das Wort: «Bonsai und ich haben den Tatort sofort untersucht und Befragungen vorgenommen. Nach dem Gottesdienst gab es Hagebuttentee für die Choristen und einen kleinen Imbiss in Form von Dreikönigskuchen. Auch Likörpralinen wurden gereicht.»

«Wie eklig!», meinte Dr. Merian.

«Hm. Jedenfalls konnten wir in einer Schachtel Likörpralinen sicherstellen. Darin fand sich eine starke Konzentration von Oxycodon. Die Schokolade war präpariert. Der Likör wurde mit einer Spritze entzogen und zusammen mit dem gezuckerten Morphium wieder eingefüllt.»

«Dann ist ja der Mörder oder die Mörderin das Risiko eingegangen, ein Mitglied des Kirchenchores zu töten. Es ist nicht einmal klar, dass der Diakon das gewünschte Opfer war, oder?»

«Rein theoretisch ja. Aber Georg Amstutz kam bereits angetrunken auf die Empore. Zudem war der Mann versessen auf diese Süssigkeiten und davon abhängig. Es war damit zu rechnen, dass er mehrere essen würde. Eine einzelne Praline hätte nicht schaden können. Ausserdem war sie so eklig im Geschmack, dass ein Chormitglied wohl kein zweites

Stück versucht hätte. Magdalena von Blumenthal hat die Schokolade sogar ausgespuckt.»

«Das hat der Diakon nicht gemerkt?»

«Er war alkoholabhängig. Es handelte sich um seine eigenen Schokokugeln, die er dem Chor gespendet hatte.»

Dr. Merian fuhr sich wütend durch die sorgfältig gestylten Haare. «Toll, also Mord. Stampfli, der Fall wird immer verzwickter. Wie soll ich das dem Dekan der katholischen Kirche beibringen? Was soll ich der Presse sagen? Sie, mein Lieber, werden jetzt alles daran setzen, diese Verbrechen ohne Verzug aufzuklären. Haben wir uns verstanden, Stampfli? Wer ist denn verdächtig? Haben wir schon etwas?»

«Sowohl Carmen Vico wie auch Hansueli Meier und Thomas Truffer waren beim Teeausschank und den Süssigkeiten. Aber die Pralinen wurden wahrscheinlich bereits vor dem Gottesdienst vergiftet. Es kommen deshalb auch andere Kirchenchormitglieder in Frage. Wir müssen herausfinden, wie die Schokokugeln auf die Empore gelangt sind. Vor der Messe war das Emporengitter hoffentlich abgeschlossen. Wir lassen alles auf Fingerabdrücke und DNA untersuchen. Das Resultat ist noch nicht da.»

«Nehmen Sie diese Carmen noch einmal in die Zange. Ich traue der Frau nicht», war das Schlusswort von Dr. Merian.

SIEBZEHN

Stampfli und Bonsai besprachen den verzwickten Fall in ihrem Büro.

«Ich glaube einfach nicht, dass Carmen eine Mörderin ist», sagte der junge Ermittler.

«Könnte es sein, dass du dich ein wenig in die attraktive Frau verguckt hast?», neckte ihn Stampfli. «Ich denke, jetzt dürfen wir die Ehefrau nicht vergessen. Sie hatte vermutlich Grund zur Eifersucht. Es besteht immer noch die Möglichkeit, dass Carmen Vico die Geliebte ihres Mannes war.»

«Frau Amstutz bekommt das fünfte Kind von ihm und da soll sie ihn umgebracht haben? Das glaubst du doch selber nicht.»

«Ich habe schon Verrückteres erlebt», meinte Heiri und raufte sich die Haare. «Wir müssen sie vernehmen, denn sie ist nicht über jeden Verdacht erhaben. Sie hatte Zugang zu den Pralinen, sogar als diese sich bereits auf der Empore befanden. Der Schlüssel liegt auf dem Tisch im Pfarrhaus - oder auch nicht mehr. Das sollten wir verifizieren. Wir gehen vorbei.»

«Mein Gott, sie hat gerade ihren Mann und Vater ihrer bald fünf Kinder verloren und da müssen wir sie vernehmen?»

«Ja, das geht nun mal nicht anders.»

Als sie eine Stunde später an der Tür des Pfarrhauses klingelten, öffnete eine ältere Frau, offensichtlich die Mutter. Es dauerte eine Weile, bis die Frau begriff, dass sie Vertreter der Kantonspolizei vor sich hatte. Ihre Tochter befand sich im Wohnzimmer, allein. Die Kinder besuchten wohl Verwandte, jedenfalls war es still - ganz still. Nur eine antike Uhr tickte im Hintergrund.

Corinne Amstutz schaute kaum auf, als die Ermittler zu ihr traten und sie begrüssten.

«Es tut uns sehr leid, was mit Ihrem Mann passiert ist», begann Stampfli. «Wir kondolieren Ihnen herzlich.»

«Danke.»

«Fühlen Sie sich stark genug, um uns einige Fragen zu beantworten?»

«Es muss wohl sein.»

«Das ist so», bestätigte der ältere Ermittler. «Ihr Mann hatte ein Alkoholproblem, nicht wahr?»

«Ja.» Frau Amstutz seufzte.

«Hatte er dieses Problem schon länger?»

«Etwa seit einem halben Jahr, er war vor allem süchtig nach Likörpralinen.»

«Es gab immer welche im Haus?»

«Er liess sie per Post kommen. Wenn sie auszugehen drohten, wurde er missmutig und aggressiv.»

«Aggressiv? Gab es denn Streit? Wie war ihre Ehe? Wir müssen Sie das leider fragen, Frau Amstutz.»

«Meine Ehe?» Frau Amstutz seufzte wieder. «Ich bekomme das fünfte Kind.»

«Das ist uns bewusst. Es ist für Sie sehr schwierig. Trotzdem wiederholen wir die Frage: Wie war Ihre Ehe?»

«Ich lebe für die Kinder und die Religion. Für meinen Mann hatte ich schon längere Zeit keine Gefühle mehr.»

«Hatten oder haben Sie den Verdacht, dass Ihr Mann fremdgegangen ist? Es gab da gewisse Gerüchte.»

«Gerüchte? Davon ist mir nichts bekannt.»

«Es wird herumerzählt, dass Carmen Vico die Geliebte ihres Mannes war.»

«Carmen Vico, die Haushälterin? Sicher nicht. Das habe ich nie gehört - und ich glaube es auch nicht.»

«Dann wollen wir Sie nicht mehr länger stören. Wir haben noch andere Traktanden. Ihnen wünschen wir viel Mut, Frau Amstutz. Haben Sie jemanden, der sich um Sie kümmert?»

«Ja, meine Mutter. Sie ist hier.»

«Richtig, sie hat uns vorhin die Tür geöffnet. Wir werden uns wieder melden. Auf Wiedersehen, Frau Amstutz.»

Sie begleitete die Polizisten nicht hinaus.

Bonsai schüttelte den Kopf. «Sie hätte uns wenigstens verabschieden können. Die Frau ist mir unheimlich. Da hat sie soeben ihren Ehemann und Vater ihrer bald fünf Kinder verloren und spricht von ihm wie von einem Fremden. Sie hat keine Gefühle für ihn übrig. Sie ist kalt wie ein Eisblock. Ich halte sie durchaus für fähig, einen Mord zu begehen. Giftmorde werden ja vor allem von Frauen verübt, in diesem Fall ist Morphium die Mordwaffe. Ohne Betäubung wäre Georg Amstutz nicht die Treppe hinuntergefallen.»

Stampfli meinte nur: «Es gibt manchmal seltsame Reaktionen auf plötzliche Verluste. Vielleicht ist ihre Kälte eine Schutzhaltung. Aber mir ist die Frau auch nicht sympathisch. Ich glaube vor allem nicht, dass sie sich über ein mögliches Verhältnis ihres Mannes zu Carmen Vico keine Gedanken macht.»

ACHTZEHN

Die Mutter von Frau Amstutz war im Keller mit Bügeln beschäftigt. Corinne ging langsam ins Wohnzimmer zurück und führte ein Selbstgespräch: «Idioten. Natürlich weiss ich, dass Carmen die Geliebte meines Mannes war. Ich habe ja vor Jahren schon einen Liebesbrief von ihr gefunden, aus der Zeit, wo Georg mich noch nicht kannte. Er hat ihn in einer alten Bibel versteckt. Als ob ich ihn da nicht finden würde… Nachdem Carmen bei uns den Dienst angetreten hatte, wurde mir bald klar, dass sie die Jugendliebe meines Mannes war. Carmen, so ein blöder Name, kommt ja nicht oft vor. Aber du wirst dafür büssen, du Früchtchen. Du sollst im Gefängnis schmoren, bis deine runden Apfelbrüste runterhängen wie weicher Blätterteig. Eigentlich passte mir das wunderbar. Ich musste dem sexsüchtigen Gatten nicht mehr zu Willen sein, solange er die knackige Ablenkung hatte. Jetzt bin ich ihn los und dieses Mädchen wandert in den Knast. Ende gut, alles gut. Ich bekomme eine satte Witwenrente, kann mich um die Kinder und die religiösen Studien kümmern, und meine ahnungslose Mutter besorgt den Haushalt.»

Sie ging ein paar Schritte bis zum Hausaltar und kniete vor der Marienstatue nieder. Sie ergriff einen Rosenkranz und begann zu beten.

Stampfli, der umgekehrt war, weil ihn noch eine Frage beschäftigte, sah Frau Amstutz durchs Fenster vor dem Altar knien und meinte zu Bonsai: «Da können wir jetzt nicht stören. Anscheinend ist sie eine sehr gläubige Frau. Der Schock muss für sie schlimm sein. Wir gehen morgen vorbei.»

NEUNZEHN

Am nächsten Tag lag die Untersuchung der Pralinenhüllen und Pralinen auf Fingerabdrücke und DNA vor. Auf den Pralinen fanden sich nur Spuren von Gummihandschuhen, auf den Hüllen konnten Abdrücke und DNA von Carmen Vico sichergestellt werden.

Die junge Frau wurde zur Vernehmung in die Hauptwache der Kantonspolizei auf dem Kasernenareal in Zürich bestellt.

Es waren wiederum der Staatsanwalt Dr. Merian, sein Protokollführer, Stampfli und Bonsai zugegen, ausserdem der Brandtouroffizier Alex Stammbach.

Dr. Merian, der heute einen hellblauen Seidenanzug trug, der ihn besonders geckenhaft erscheinen liess, eröffnete das Verhör:

«Frau Vico, Sie wissen, dass Sie hier die Wahrheit sagen müssen und nichts als die Wahrheit?»

«Ja, das weiss ich.»

«Sie haben am Dreikönigstag, den 6. Januar dieses Jahres, als Georg Amstutz die Treppe hinunterstürzte, Tee und Kuchen an die Chormitglieder verteilt. Dabei gab es auch Likörpralinen. Ist das richtig?»

«Ja, ich habe geholfen. Wie Hansueli Meier und Thomas Truffer.»

«Aber nur ihre Fingerabdrücke sind auf den süssen Kugeln zu finden!»

«Ich habe sie in der Schachtel vermischt, damit die verschiedenen Farben zur Geltung gekommen sind. Sicher habe ich dabei meine Fingerabdrücke auf den Verpackungen hinterlassen.»

«Wer hat die Schachtel auf die Empore gebracht?»

«Ich nehme an, der Diakon, Georg Amstutz. Ich nicht.»

«Hatte Herr Amstutz einen Emporenschlüssel?»

«Ja.»

«Sie wissen, wo dieser Schlüssel aufbewahrt wurde?»

«Sicher, auf seinem Pult. Ich habe wöchentlich dort saubergemacht.»

«Sie hätten also jederzeit Zugang zu der Empore haben und damit die Schokolade präparieren können?»

«Rein theoretisch ja.»

«Haben Sie die Süssigkeiten mit einem flüssigen Morphiumpräparat gefüllt, so dass Georg Amstutz betäubt die Treppe hinuntergestürzt ist?»

«Mein Gott, ist er deshalb gestorben?»

«Haben Sie oder haben Sie nicht?»

«Ich habe nichts dergleichen gemacht.»

«Frau Vico, Sie haben schon einmal ausgesagt, dass Sie keine Affäre mit Georg Amstutz hatten. Bleiben Sie bei dieser Aussage?»

Stille.

«Frau Vico, Sie müssen die Frage unter Eid nochmals beantworten.»

Carmen zögerte wiederum, dann sagte sie mit fester Stimme: «Ich habe richtig ausgesagt, dass Georg und ich keine Affäre hatten. Wir haben uns geliebt. Er war meine erste und einzige Liebe. Wir lernten uns kennen, als ich siebzehn war, lange bevor er Corinne geheiratet hat und bevor er zum Diakon geweiht wurde.»

Es war im Vernehmungsraum ganz still geworden.

Dann war Stampfli zu vernehmen: «Frau Vico, uns ist zu Ohren gekommen, dass Sie Ihre Stelle als Haushalthilfe bei der Familie Amstutz verloren haben. Ist das so?»

«Ja», war die schlichte Antwort.

«Gehe ich richtig in der Annahme, dass Georg Amstutz seine Liebesbeziehung zu Ihnen abgebrochen hat, als ihm zu Ohren kam, es seien gewisse Gerüchte im Umlauf?»

Carmen brach in Tränen aus.

Staatsanwalt Dr. Merian stand auf: «Frau Carmen Vico, Sie sind dringend verdächtig, Herrn Georg Amstutz am Dreikönigtag dieses Jahres in der St. Fabian Kirche, Zürich-Witikon, mit Morphium betäubt zu haben, worauf er die Emporentreppe hinunterstürzte und zu Tode kam. Ich werde unverzüglich einen Haftrichter bestellen, der die Untersuchungshaft beim Zwangsmassnahmengericht beantragen soll. Es ist sonst ernsthaft zu befürchten, dass Sie die Wahrheitsfindung durch Beeinflussung von Zeugen oder Einwirkung auf Beweismittel beeinträchtigen. Es bestehen ferner Indizien, dass Sie am 14. Dezember Frau Melanie Hug in ebendieser Kirche mit einem Messer erstochen haben. Auch diesen Fall werden wir weiterverfolgen. Abführen.»

ZWANZIG

Corinne Amstutz stand im Wohnzimmer, den alten Liebesbrief von Carmen in der Hand: *Liebster Georg. Ich werde dich nie vergessen und dir treu sein bis in den Tod. Meine Mutter konnte uns trennen, aber ich weiss, dass das nicht für immer ist. Ich werde auf dich warten, bis wir uns wiedersehen. In Liebe, deine Carmen.*

Corinne kicherte: «Ja, meine Verehrteste, und jetzt sitzt du in Untersuchungshaft. Du wirst nicht entkommen, man wird dich des Mordes schuldig sprechen.»

Sie steckte den Brief in einem Umschlag und adressierte ihn an den Ermittler Heiri Stampfli. Dann setzte sie sich an den kleinen Schreibtisch in ihrem Schlafzimmer. Sie zögerte kurz, ergriff eine elegante Füllfeder und vertraute ihrem Tagebuch ein Geheimnis an, über das sie noch nie gesprochen hatte:

Ich war blutjung, gerade mal achtzehn Jahre alt, als ich von meiner Schwangerschaft erfuhr. Passiert war es an der Fasnacht. Ich habe schon immer Alkohol schlecht vertragen. Keine Ahnung, was wirklich geschehen war. Am Morgen wachte ich hinter der Turnhalle auf mit Blut und Sperma in der Unterhose. Jemand hatte mich mit einem Mantel zugedeckt. Erbrochenes klebte in meinen Haaren. Ich hatte mich wohl im Halbschlaf übergeben. Schlotternd vor Kälte und Übelkeit fragte ich mich: Mit wem habe ich die Nacht verbracht?*

Einen Monat später wusste ich nicht, wer der Vater meines ungeborenen Kindes war. Da suchte ich Zuflucht in der Kirche, wie immer, wenn ich in Schwierigkeiten steckte. Ich bin ja von Kindesbeinen an religiös gewesen. Als ich mich im Kirchenschiff dem Marienaltar näherte, sah ich, dass ein junger Mann davor kniete. Ich versteckte mich hinter einer Säule und betrachtete den Jüngling. Er gefiel mir sehr gut, seine schlanke Gestalt, sein priesterliches Wesen. Leise trat ich hervor und fiel ebenfalls in die Knie. Ich überlegte: Was, wenn er die Lösung meines Problems wäre? Vielleicht schickte mir Gott diesen Menschen, damit er mich retten konnte. Wir kamen ins Gespräch und zwei Tage später gelang es mir, den sympathischen Jüngling zu verführen. Als ich ihm nach vier Wochen scheinbar verwirrt gestand, dass ich schwanger sei, machte er mir, wie erwartet, einen Heiratsantrag und schon bald war ich seine Frau: Frau Amstutz. Georg hat sich nie gewundert, dass unser Kind nach acht Monaten auf die Welt kam, es gab ja Frühgeburten.

Leider fand ich bald heraus, dass mein Mann immer noch an seiner ersten Liebe hing. Was ihn nicht daran hinderte, mir jedes Jahr ein neues Kind zu machen. Was einmal ohne grosse Zuneigung begonnen hatte, schlug bald in Hass um...

Corinne stand auf, den an Heiri Stampfli adressierten Umschlag in Händen. Ihre Mutter war mit ihren vier Enkeln auf dem Spielplatz. Sie ging auf in ihrer Aufgabe, die arme Tochter, welche ihren Mann auf so tragische Weise verloren hatte, zu entlasten. Zeit also, den Beweis für Carmens Mordmotiv auf den Weg zu bringen. Das Tagebuch versteckte sie wieder hinter einem losen Ziegelstein in ihrem Schlafzimmer. Da würde es niemand finden. Sie machte sich keine Sorgen.

EINUNDZWANZIG

Carmen hörte, wie der Schlüssel im Schloss gedreht wurde. Sie befand sich in Untersuchungshaft im Gefängnis Zürich. Das Gebäude war schon vor 99 Jahren gebaut worden. Die Zelle war mehr als karg ausgestattet: Ein Klappbett, ein WC und ein kleines Waschbecken im gleichen Raum, zwei an die Wand geschraubte Bretter dienten als Mini-Tisch und Sitzfläche.

Carmen stand auf und versuchte, aus dem Fenster zu blicken. Es war vergittert und so hoch oben angebracht, dass sie nur ein winziges Stück Himmel sehen konnte. Wie lange musste sie in diesem Loch verbringen? Monate? Dreiundzwanzig Stunden am Tag Einzelhaft. Die Zweierzellen seien auch nicht besser, acht Quadratmeter für zwei Personen, hatte ihr ein Wärter zugeflüstert. Schon am Anfang wurde sie informiert, dass Besuche nur hinter der Trennscheibe erlaubt und Gespräche aufgezeichnet würden. Jeder Brief müsse vom Staatsanwalt gelesen werden. Telefonieren sei verboten.

War das ihre Strafe dafür, dass sie Georg so geliebt hatte? Sie hatte keinen Mord begangen, aber sie war schuldig - schuldig - schuldig. Carmen barg den Kopf in den Händen und weinte bitterlich.

ZWEIUNDZWANZIG

Stampfli studierte den Liebesbrief von Carmen zusammen mit Bonsai. «Es wird immer schwieriger für die Frau. Sie wird einem Urteil nicht entgehen. Allerdings leuchtet mir nicht ein, wieso Frau Amstutz dieses Schreiben gerade jetzt gefunden hat. Wir gehen da noch einmal vorbei. Ich wollte sie vor ein paar Tagen ohnehin etwas fragen, habe es dann aber vergessen.»

Als die beiden Ermittler an der Tür des Pfarrhauses klingelten, öffnete wieder die Mutter von Corinne Amstutz. Drei Kinder wuselten um sie herum, ein viertes trug sie auf dem Arm. «Meine Tochter ist am Beten, Sie dürfen sie jetzt nicht stören.»

«Wir sind von der Stadt zu Ihnen nach Witikon gefahren, damit Ihre Tochter sich nicht zu uns auf die Hauptwache bemühen muss. Wir können nicht warten.»

«Wenn Sie meinen…»

Sie mussten sich allerdings noch eine Viertelstunde gedulden, bis Corinne Amstutz auftauchte, ganz in Schwarz mit einem grossen Kruzifix auf der Brust. Bonsai biss sich auf die Lippen, um nicht eine unpassende Bemerkung zu machen.

Stampfli begann höflich: «Guten Tag, Frau Amstutz, es tut uns leid, dass wir Sie stören, aber es geht nicht anders. Sonst müssten Sie zu uns in die Stadt kommen.»

Eine Begrüssung auf ihrer Seite fiel aus. «Wenn es nicht anders geht...»

«Wir haben noch ein paar Fragen an Sie: Ist Ihnen irgendwann aufgefallen, dass der Emporenschlüssel nicht mehr auf dem Pult Ihres Mannes lag? War dieser Schlüssel einmal weg und dann wieder da?»

«Keine Ahnung. Ich kümmere mich nicht um solche Sachen.»

«Wie haben Sie den Liebesbrief von Frau Vico gefunden? Und wieso gerade jetzt?»

«Ich habe die Papiere meines Mannes durchgesehen, muss ich doch nach seinem Ableben.»

«Wissen Sie, wann er die letzte Sendung Likörpralinen erhalten hat?»

Schweigen.

«Vermutlich nicht, wir können das auf der Post abklären. Nur noch eine Frage: Wo waren Sie am Dreikönigstag, vor und während des Gottesdienstes?»

«Diese Antwort bin ich Ihnen sicher nicht schuldig.»

«Das werden wir sehen», meinte Stampfli kurz. Und damit verabschiedeten sich die Ermittler. Auch diesmal wurden sie nicht bis zur Haustür begleitet.

Stampfli stellte eine offizielle Vorladung zu einer Vernehmung aus. Frau Corinne Amstutz sollte sich am übernächsten Tag um 10.00 Uhr auf der Hauptwache der Kantonspolizei einfinden. Rechtzeitig warteten er und Bonsai im Vernehmungsraum. Die Zeit verstrich. Sie schauten gerade wieder auf die Uhr, als sich ein Rechtsanwalt Dr. Stanislaw Georgiu meldete. Seine Mandantin lasse sich entschuldigen und durch ihn eine eidesstattliche Erklärung ihrer Mutter überreichen. Dieses Schriftstück bestätigte, dass Frau Corinne Amstutz ab dem 4. Januar, also zwei Tage vor dem Dreikönigstag, bis zum Zeitpunkt des Todes von Georg Amstutz mit ihrer Mutter und den Kindern verreist war.

Die Ermittler hätten sich einen anderen Ausgang gewünscht. «Ich bin dagegen machtlos. So ein Mist!», schimpfte Stampfli wütend. «Um diese eidesstattliche Erklärung zu widerlegen, wären diverse Recherchen notwendig, Recherchen, die mit grosser Wahrscheinlichkeit zu keinem Resultat führen würden. Vermutlich verhält es sich so, wie die Mutter von Frau Amstutz erklärt hat. Solange Carmen Vico in Untersuchungshaft sitzt und als schuldig gilt, kann ich nichts weiter unternehmen.»

Einen Monat später wurde Carmen bis zur Gerichtsverhandlung aus der U-Haft entlassen. Die Ermittlungen waren abgeschlossen. Sie galt weiterhin als schuldig.

Carmen versteckte sich in ihrem Haus, bis einige Mitglieder des Kirchenchors bei ihr vorbeikamen und sie baten, doch wieder am Vereinsleben und an den Proben teilzunehmen. Der Chor würde zusammenstehen und ihr Halt geben. Niemand glaube an ihre Schuld.

Zögernd willigte sie ein, ging aber nach dem Singen sofort heim. Um sich abzulenken, besuchte sie hin und wieder ein Konzert oder sonst eine Musikveranstaltung. Die vergangenen Ereignisse bescherten ihr immer noch Alpträume: der Tod von Georg, die qualvollen Tage in der Zelle… Sie schlief schlecht.

DREIUNDZWANZIG

«Nehmen wir das Herzmittel Digitalis. Eine Überdosierung von 25 mg sollte genügen. Danke, liebe Mutter, dass du dieses Medikament zurückgelassen hast, als du von mir gingst. Bereiten wir einen speziellen Pfefferminztee daraus zu. Zur Sicherheit fügen wir aber noch ein Dutzend Nadeln von Taxus baccata, Eibe, bei. Auch hier soll der Tod durch Kreislauf- und Atemlähmung spätestens nach 1 ½ Stunden eintreten, aber die ersten Störungen beginnen viel früher. Das sollte reichen. Liebe Bernadette, deine Neugierde ist mir zu gefährlich geworden. Leider kann ich das nicht dulden. Ich weiss genau, wann du morgen nach dem Apothekendienst mit dem Fahrrad durch den Wald zu deiner Mutter fährst. Das machst du ja jeden Samstag. Und als Diabetikerin wirst du wie immer Durst haben. Nur dass anstelle von mit Assugrin gezuckertem Pfefferminztee gezuckerter Tod in der Trinkflasche sein wird. Samstagabend, der Tag passt ausgezeichnet. Ich muss mich diesmal aber besser verstecken. Letzte Woche hast du mich hinter den Bäumen gesehen. Du sollst mich nicht vorzeitig entdecken. Erst, wenn du kampfunfähig bist.»

Der Topf köchelte vor sich hin, eine Stunde lang, bis das Gift voll wirksam war. Am Schluss kamen noch Pfefferminzblätter und Süssstoff hinein. Der Trank musste nur noch abgefüllt werden.

VIERUNDZWANZIG

Bernadette Trachsler war in ihrer Apotheke mit Aufräumen beschäftigt. Wie jeden Samstag ging sie die Bestelllisten für Montag durch. Dann füllte sie eine Schüssel mit warmem Seifenwasser und reinigte sorgfältig alle Tablare im Verkaufsraum. Am Schluss nahm sie den Boden mit einem Mopp feucht auf. Sie war sparsam veranlagt und pingelig. Lieber putzte sie selbst, als eine Reinigungskraft anzustellen. Dadurch sparte sie jeden Monat Geld, womit sie ihre kranke Mutter unterstützen konnte. Meistens verliess sie die Apotheke erst, wenn es dunkel wurde. Es machte ihr auch nichts aus, mit dem Fahrrad alleine durch den Wald zu fahren. Sie tat dies seit Jahren so. Wie alle im Kirchenchor und im Quartier wussten, besuchte sie einmal pro Woche ein Karatetraining. Letzten Samstag hatte sie eine vermummte Gestalt mit Kapuze gesehen, hinter einem Baum versteckt. Vielleicht ein Jugendlicher? Sollte dieser nur kommen, sie würde ihn das Fürchten lehren.

Es war Zeit zu gehen. Die Theke, der Boden und die Regale glänzten vor Sauberkeit. Doch die Sache mit dem Medikament Oxycodon ging ihr nicht aus dem Kopf. Nächste Woche wollte sie alle Bezüge der letzten Jahre zum zweiten Mal durchgehen. Mit Glück ergab sich ein Hinweis für die Polizei.

Sie brauchte jetzt etwas zusätzliche Bewegung. Wie immer war sie durstig. Ihre Trinkflasche mit

Pfefferminztee hatte sie vor einer Stunde am Fahrrad befestigt. Sie hasste warmen Tee wie die Pest. Die Trinktemperatur war nun richtig dank dem kühlen Wetter. Sie trank in grossen Schlucken. Dann packte sie ihr Rad und fuhr zuerst einen längeren Umweg durchs Quartier, bevor sie in die Katzenschwanzstrasse einbog, welche links am Friedhof vorbei zum Wald hinaufführte. Auf dem Parkplatz am Waldrand parkte zu dieser Zeit nur noch ein alter schwarzer Austin. Sie radelte weiter. Nach einigen Minuten ging rechts eine Strasse ab. Die Bäume standen dichter. Was war das? Ihre Zunge und der Rachen wurden gefühllos. Durst, unsäglicher Durst. Sie hielt an und trank nochmals aus ihrer Flasche, bis sie realisierte, dass etwas nicht stimmte. In der nächsten Linkskurve konnte sie plötzlich kaum mehr atmen. Sie musste sofort Hilfe holen. Hatte sie einen Herzanfall? Verzweifelt packte sie ihr Handy und rief die Notfallnummer vom Spital Zollikerberg an, die sie immer parat hatte.

«Hauo. Ier Notall, Atzenanzase Ald Ichtung Soo. Fot ommen.*» Sie wiederholte ihren Hilferuf, wusste aber nicht, ob man sie verstanden hatte. In diesem Moment sah sie die Kapuzengestalt wieder. Sie sah nur noch verschwommen. «Iiiife, hefen Sie mir.» Sie schaffte es kaum mehr, sich auf den Beinen zu halten. Die Gestalt kam näher. Gott sei Dank! Vielleicht könnte diese Person mit dem Spital sprechen und Hilfe holen. Bernadette streckte ihr das Handy entgegen, das immer noch mit der Notfallzentrale verbunden war. Doch was war das? Ein Messer? Wieso ein Messer? Und wieso Plastikhandschuhe?

Bernadette Trachsler würde das Rätsel nicht mehr lösen. Zwei Sekunden später lag sie auf dem Boden und hauchte ihr junges Leben aus. Sorgfältig wurde ihr das Handy abgenommen und abgestellt.

Ein Automobilist* fand die Leiche. Die Notfallaufnahme des Spitals Zollikerberg hatte den Hilferuf nicht verstanden. Es wäre ohnehin zu spät gewesen.

Bald versammelte sich das ganze Ermittlungsteam am Fundort der Toten im Waldstück an der Katzenschwanzstrasse. Staatsanwalt Dr. Reinhard Merian tobte. «Stampfli, setzen Sie diese Carmen Vico sofort wieder in Haft. Ich war immer dagegen, die Frau bis zur Gerichtsverhandlung freizulassen. Jetzt haben wir den Salat. Es ist offensichtlich derselbe Täter, lies dieselbe Täterin, wie beim ersten Mord an Melanie Hug. Die Tatwaffe ist identisch. Das Messer liegt ja noch hier.»

«Ich kann Ihre Argumentation verstehen, Herr Staatsanwalt. Nur bin ich nach wie vor nicht überzeugt, dass Frau Vico die Mörderin ist. Ich lasse jedoch nach ihr fahnden. Sie war nicht zu Hause anzutreffen. Ausserdem werde ich den Fall ViCLAS in Bern melden, dem Analyse-System zur Verknüpfung von Tötungsdelikten. Vielleicht haben die einen ähnlichen Fall. Durch die Teamarbeit verschiedener Dienststellen kann der betreffende Täter unter Umständen effizienter ermittelt werden.»

«Ich weiss, was ViCLAS ist, Herr Stampfli. Für unsere Bedürfnisse reicht auch die Aussenstelle Zürich. Aber warum denn in die Ferne schweifen, wenn das Gute liegt so nah. Wenn Sie Frau Vico gefasst haben, lassen Sie sie mir sofort vorführen. Ich verlange, dass ihr Haus nochmals durchsucht wird. Vielleicht hat sie ja einen Vorrat an solchen Messern.»

Bonsai und Alex Stammbach rollten hinter dem Rücken des Staatsanwaltes die Augen. Heiri hielt sich beherrscht zurück.

In diesem Moment lenkte ein Forensiker die Aufmerksamkeit auf sich. «Könnten Sie einen Blick hierauf werfen? Meiner Meinung nach ist die Frau nicht nur erstochen, sondern vorher noch vergiftet worden. Schauen Sie, die Lippen sind blau. Und hat sie da Schaum vor dem Mund? Die Haut ist schneeweiss, wie nach einem Schock. Das ist nicht normal.»

«Tatsächlich», meinte der Rechtsmediziner Dr. Otto Balzli. «Weiss könnte sie sein, weil sie ausgeblutet ist. Aber was Sie beobachtet haben, deutet auf eine zusätzliche Vergiftung hin. Das ist overkill. Möglicherweise haben Sie recht, Dr. Merian. Es sind vor allem Frauen, die Gift zum Morden verwenden. Somit käme Carmen Vico wirklich in Betracht. Ich bin gespannt auf die Obduktion. Es braucht noch eine chemisch-toxikologische Untersuchung.»

Carmen wurde verhaftet, sobald sie nach Hause kam, es war sehr spät. Sie verbrachte die Nacht im Untersuchungsgefängnis.

FÜNFUNDZWANZIG

Als Stampfli am Sonntagmorgen ins Büro kam, sass Bonsai rittlings auf seinem Stuhl und mampfte einen Mars-Schokoladen-Riegel.

«Keine Toblerone mehr abgekriegt?», spöttelte der Ältere gutmütig.

«Nein, leider nicht, aber morgen gibt's Nachschub.» Ohne Schokolade kam der Jungspund nicht in die Gänge.

«Weisst du schon, ob Carmen inzwischen gefunden wurde?», wollte Heiri als Erstes wissen.

«Ja, sie kam nach Mitternacht heim. Unsere Kollegen haben sie verhaftet, und jetzt sitzt sie in U-Haft.»

«Gut, gut. Organisiere bitte ein erstes Verhör mit Dr. Merian. Vielleicht um 10.30 Uhr, wenn er ausgeschlafen hat. Dann dauert es nicht so lange, weil er nicht auf sein Mittagessen verzichten möchte.»

«Okay, mach ich.»

Es klappte. Um 10.30 Uhr wurde eine sehr übernächtigt und erschöpft aussehende Carmen ins Untersuchungszimmer geführt. Stampfli, Bonsai, Dr. Merian und ein Protokollführer hatten bereits Platz genommen.

«Sie waren heute Nacht unterwegs, Frau Vico?», schnarrte der Staatsanwalt die junge Frau an.

«Ja. Weshalb hat man mich schon wieder verhaftet?»

«Wegen Mordes, wie gehabt. Wir hätten Sie bis zum Gerichtstermin in der Untersuchungshaft lassen sollen!»

«Wegen Mordes? Wer ist denn jetzt ermordet worden?»

«Ich stelle hier die Fragen, Frau Vico. Wo waren Sie von 19.00 Uhr bis 01.00 Uhr morgens?»

«Am Konzert von Lindsey Stirling im Hallenstadion. Die Brave Enough Tour.»

«So, so. Sie haben sicher noch das Ticket. Aber waren Sie auch wirklich da? Welche Songs hat denn Lindsey Sterling gespielt?»

«Ein paar alte und einige neue Songs. Gemischt halt.»

«Können Sie uns ein paar davon nennen?», fragte Dr. Merian und zog dabei eine Augenbraue hoch.

«Ne-nein. Ich bin da nicht so gut im Er-Erinnern und ich kenne mich bei dieser Art von Musik ni-nicht so aus.» Carmen strich sich mit der linken Hand die langen Haare, die ihr ins Gesicht gefallen waren, hinter die Ohren.

«Was für Kleider hat denn Lindsey getragen, wie sah die Bühne aus?»

Carmen hatte sich noch nicht gefangen: «Ich ha-habe eigentlich nicht darauf geachtet. Ich mu-musste immer an den armen Georg Amstutz denken, das hat mich abgelenkt. Ich war nicht so bei der Sache.»

«Sie waren nicht bei der Sache, so, so. Sie haben schon eine Woche vorher im Kirchenchor von diesem Konzert erzählt, sogar die Karte zum Verkauf angeboten, damit sich auch wirklich alle daran erinnern sollten, dass Sie an der Brave Enough Tour von Lindsey Stirling sein würden. Was für ein Instrument spielt Lindsey denn?»

«Die Geige.»

«Das immerhin wissen Sie. Sie haben sicher viele wunderbare Aufnahmen mit Ihrem Handy gemacht?»

«Ich habe es leider zu Hause vergessen.»

«Sie haben das Handy zu Hause «vergessen»! Wenn Sie das Teil dabeigehabt hätten, wäre es beim Hallenstadion eingeloggt gewesen und Sie könnten damit Ihre Unschuld beweisen. Natürlich haben Sie auch niemanden getroffen, den Sie kennen und der Ihre Anwesenheit am Konzert bezeugen würde?»

«Nein, niemanden. Ich war alleine vorne im Hexenkessel am Abtanzen. Ich versuchte, so den Tod von Georg zu vergessen. Es wird sich kaum jemand an mich erinnern.» Die Stimme von Carmen war fast unhörbar geworden.

«Frau Vico, Sie sind des Mordes an Frau Bernadette Trachsler angeklagt, begangen gestern, am 15. März, zwischen 18.00 und 19.30 Uhr?»

«Bernadette!», kreischte Carmen, bevor sie abgeführt wurde.

Das Resultat der Obduktion, welche Otto und sein Kollege Dr. Schmidt noch am gleichen Abend durchgeführt hatten, war eindeutig: Bernadette Trachsler war zuerst vergiftet und danach erstochen worden.

SECHSUNDZWANZIG

«Nie und nimmer kann ich glauben, dass Carmen eine dreifache Mörderin ist», meinte Bonsai, als er sich mit Stampfli zur Kantine der Kantonspolizei im 6. Stock begab.

«Ich weiss nicht», erwiderte Heiri. «Mein Bauchgefühl sagt mir zwar, dass sie es nicht ist, aber die Indizien sind inzwischen erdrückend. Natürlich müssen wir Carmen noch ein paar Mal vernehmen, bevor es zum Prozess kommt. Ein Haftaufhebungsantrag wird aber nicht mehr möglich sein, selbst wenn es lange dauert. Ich werde einen Medienaufruf starten und nach Zeugen suchen, die sie gestern im Hallenstadion gesehen haben könnten. Es ist allerdings eher unwahrscheinlich, dass wir jemanden finden. Ausserdem hat die Frau schon einmal gelogen und du weisst: *Wer einmal lügt, dem glaubt man nicht, und wenn er auch die Wahrheit spricht.* Übrigens habe ich vorhin die Meldung bekommen, dass Bernadette Trachsler bei ihrer Tour durchs Quartier dreimal gesehen wurde. Mit einer Frau an der Witikonerstrasse hat sie sogar gesprochen. Sie müsste gegen 19 Uhr im Wald gewesen sein. Damit haben wir eine genauere Tatzeit.»

Sie bestellten wieder Mineralwasser und Spaghetti mit Tomatensosse. Auf der Karte der Kantine war das eines der wenigen Gerichte, die vor

Bonsais Augen Gnade fanden. Es war schon nicht einfach, mit ihm essen zu gehen.

Während der junge Ermittler die Teigwaren mit Gabel und Löffel nach Italienerart aufdrehte und sorgsam in den Mund steckte, ohne zu kleckern, erklärte er Stampfli, er habe Carmen beim Verhör genau beobachtet. Sie habe erst bei Dr. Merians Frage nach den Songs von Lindsey Sterling Stress gezeigt. Offenbar habe sie sich geschämt, weil sie die Lieder nicht nennen konnte. Sie habe ja gesagt, dass das nicht ihre Art von Musik sei. Das sei sicher der Grund für die Erinnerungslücke.

Stampfli versuchte, den kleinen Tomatenfleck, den die Sosse auf seinem Hemd hinterlassen hatte, mit Wasser zu entfernen. Vergeblich.

«Schau, Bonsai, ich weiss, dass du vor ein paar Monaten diesen Profiler-Kurs gemacht hast, um unbewusste Signale zu deuten, die jeder Mensch aussendet. Ich verstehe, dass dir Carmen sympathisch ist. Sie ist eine sehr attraktive Frau. Möglicherweise ist sie unschuldig, sehr wahrscheinlich aber nicht. Warten wir es ab.»

Seufzend schob Bonsai die Teller und Gläser auf dem Tablett zusammen und brachte es zum Tresen zurück.

SIEBENUNDZWANZIG

Der Skandal war keine Überraschung: Am Montagmorgen um 9.10 Uhr klingelte das Telefon. Als Stampfli sich freundlich meldete, schrie ihm Dr. Merian so laut entgegen, dass der Ermittler fast den Hörer fallen liess. «Kommen Sie unverzüglich zu mir und bringen Sie Ihren Schokoladenfresser gleich mit!»

Heiri machte sich mit Bonsai auf den Weg. Ihm schwante nichts Gutes.

Dr. Merian tobte in seinem Büro. So hatten ihn die beiden noch nie gesehen. Er tigerte hin und her. Das Gebrüll war im ganzen Gebäude zu hören: «Nicht genug, dass unser Mediensprecher gestern die Zeitungsfritzen von «Blick», «Neue Zürcher Zeitung», «TagesAnzeiger», Fernsehen und Radio füttern musste, jetzt bekomme ich persönlich Telefonanrufe von der Stadtpräsidentin, vom Generalvikar der katholischen Kirche des Kantons Zürich und vom BISCHOF VON CHUR! Der Skandal ist perfekt. Drei Morde im Kirchenchor. So etwas hat es noch nie gegeben. Unser Ruf steht auf dem Spiel, wenn Sie, Stampfli, nicht aus Ihrem Winterschlaf aufwachen und binnen 24 Stunden definitive Resultate vorweisen können. Bis heute Abend werden Sie den Mediensprecher entsprechend briefen. Wenn Sie es nicht schaffen, dass sich die Situation beruhigt, muss ich Sie leider freistellen!»

Stampfli stürmte in sein Büro zurück, gefolgt von Bonsai. Er fuhr den Computer herunter und zischte mit zusammengebissenen Zähnen: «Ich bin dann mal weg.»

«Du darfst doch jetzt nicht weggehen, nachdem Dr. Merian dich aufgefordert hat, unverzüglich weitere Schritte zu unternehmen und die Kommunikationsabteilung zu briefen, damit sie die Presse und die Kirchenleute besänftigen kann.»

«Ich darf nicht? Oh doch, ich darf. Sollen sie mich doch freistellen, mir ist alles recht.»

«Heiri, nicht doch. Beruhige dich. Es ist nicht so schlimm!»

«So? Ich verschwinde. Auch du kannst mich nicht zurückhalten.»

Stampfli rannte hinaus und knallte die Tür zu. Er bestieg den Opel und fuhr einfach drauflos. Als sein Blick auf den Tacho fiel, merkte er, dass er 70 Sachen draufhatte. Mein Gott, 50 km/h waren erlaubt. Er bremste scharf ab. Der Ermittler versuchte, sich zu beherrschen. Einen Unfall oder Führerausweisentzug* musste er unter allen Umständen vermeiden.

Er fuhr ziellos Richtung See und bog dann nach links ab. Er konnte sich nicht konzentrieren und folgte einfach seinem Instinkt. Als er wieder bewusst auf die Umwelt achtete, befand er sich auf der Witikoner Strasse. Was sollte er da? Er hatte noch nicht mit dem Mord im Wald abgeschlossen. Zwar waren die Untersuchungen der Forensiker beendet, es gab nichts mehr zu tun. Trotzdem zog es ihn nochmals zum Tatort. Er fuhr die Katzenschwanzstrasse hinauf, am Friedhof vorbei und stellte seinen Wagen auf den Parkplatz rechts vom Waldrand. Die Sonne schien ziemlich warm und hatte den wenigen Schnee weggeschmolzen. Dennoch legte sich Stampfli einen Schal um, zog die Handschuhe über und marschierte los. Die Katzenschwanzstrasse führte durch den Wald, bis die Buchrainstrasse rechts abging. Wenn man dieser folgte, gelangte man nach Dübendorf. Aber der Ermittler stapfte weiterhin geradeaus. Der Wald wurde dichter und dichter. Heiri konnte sich gut vorstellen, wie sich das Opfer bei Nacht gefühlt hatte, als sein Mörder auftauchte.

Bernadette würde noch leben, hätte er, Stampfli, nicht durch seine Fragen nach dem Morphium ihre Neugierde geweckt und in der Folge die Aufmerksamkeit des Mörders oder der Mörderin auf sie gelenkt. Sie war ein unschuldiges Opfer, das nicht hätte sterben müssen. Heiri fühlte sich verantwortlich, obwohl er nur seine Arbeit getan hatte. Ein so junges Leben!

Die Erinnerung überfiel ihn wie ein Blitz. Es schmerzte. Claire*, ach Claire. Er hatte seine grosse Jugendliebe nie vergessen, nur verdrängt. Wegen seiner unsensiblen Fragen in einem grossen Mordfall war sie in einer psychiatrischen Anstalt gelandet. Er bekam Besuchsverbot. Unzählige Male hatte er sich nach der Frau erkundigt, die er so lange gesucht, gefunden und dann wieder verloren hatte. Für immer. Sie war in ihre Heimat England zurückgekehrt. Dort lebte sie bescheiden und liess sich weiterhin psychologisch betreuen. Claire, ein Traum, den er als Ermittler vergessen musste. Nie könnte sie die Partnerin eines in belastendem Umfeld arbeitenden Mannes werden. Und wenn er einen anderen Beruf hätte? Schnell verbannte er den Gedanken wieder. Er war Kriminalpolizist mit Leib und Seele. Er würde den Job nur im Falle einer Entlassung aufgeben. Damit musste er trotz der Schimpftiraden von Dr. Merian hoffentlich nicht rechnen.

Inzwischen war er am Tatort angelangt. Die Forensiker hatten bereits das ganze Gebiet minutiös und weiträumig abgesucht. Es gab für Stampflis Anwesenheit keinen Grund mehr. Aber er wollte die Atmosphäre auf sich wirken lassen. War Carmen wirklich die Täterin? Die Indizien sprachen gegen sie, doch er konnte nicht glauben, dass diese offene, liebreizende Frau zwei ihrer Chorkolleginnen brutal mit einem Messer umgebracht und ihren Liebhaber vergiftet hatte. Nicht nur Bonsai empfand eine leichte Schwäche für die Schönheit. Der Ermittler seufzte und ging langsam zu seinem Wagen zurück. Als er einsteigen wollte, sah er am Waldrand einen Wegweiser. Nach links zeigte dieser «Witikon» an, nach rechts «Aussichtsturm». Stampfli zögerte und wandte sich dann entschieden nach rechts. Noch fror er, aber er würde warm bekommen, wenn er den Berg hinaufwanderte. Er war seit vielen Jahren nicht mehr auf den Loorenkopfturm gestiegen. Er hatte sich den ganzen Winter über nur wenig bewegt und die meiste Zeit am Schreibtisch verbracht. Inzwischen machten Jüngere die Routinearbeit im Freien. Er quälte sich durch den Matsch den Berg hinauf. An der nächsten Weggabelung wusste er nicht, ob er nach rechts oder nach links gehen sollte. Er entschied sich für rechts und war sehr erleichtert, als er wieder einen Wegweiser erblickte. Bald tauchten eine offene Grillstelle, der Aussichtsturm und ein gedeckter Feuerplatz auf, der Schutz vor Regen versprach. Im Sommer musste es toll sein, hier Bratwürste zu grillen. Plötzlich verspürte Stampfli grossen Hunger. Er hatte mittags nichts gegessen und keinen Proviant dabei. Er schüttelte den Kopf, er hatte sowieso zu viel Hüftgold. Er beschloss, die zehn Etagen des Turms bis zur obersten Plattform in 33 m Höhe hinaufzuklettern. Schon in der Hälfte hatte Heiri Mühe mit Atmen, er keuchte. Mein Gott, er war doch noch nicht alt. Auf den letzten Treppenstufen wurden seine Beine wabbelig, ihm schwindelte. Aber Aufgeben galt nicht. Oben belohnte ihn eine berauschende Aussicht: Säntis, Glarner Alpen, Uetliberg, Zürichsee - und natürlich Witikon mit der neuen St. Fabian Kirche. Heiri blieb lange und genoss das Gefühl, über allem zu stehen. Von hier aus müsste auch Dr. Merian winzig aussehen.

Als er den Wagen wieder erreicht hatte, war die Wut verschwunden. Er würde sicher nicht seine geliebte Arbeit wegen des eitlen Staatsanwaltes aufgeben.

Zuhause angekommen, profitierte er vom freien Nachmittag, indem er die Wohnung aufräumte und längst fällige Reinigungsarbeiten vornahm. Die schmutzigen Hemden gab er in der Wäscherei ab. Am späten Abend sass er bei einem Glas Rotwein vor dem Fernseher und hatte das Gefühl, es sei wieder Ordnung in sein Leben eingekehrt. Dr. Merian war zu einer Randfigur geschrumpft.

Am nächsten Morgen gab es eine Überraschung: Bonsai war es gelungen, den Mediensprecher den Vorgaben entsprechend zu briefen, und die Fronten hatten sich geglättet.

ACHTUNDZWANZIG

Zwei Tage später wurde Carmen zum zweiten Verhör in den kleinen Untersuchungsraum geführt. Inzwischen gab es keine Zweifel mehr: Die beiden Messer, die als Tatwaffe gedient hatten, kamen vom gleichen Hersteller und trugen die identische Seriennummer. Der Mörder oder die Mörderin von Melanie Hug und Bernadette Trachsler war ein und dieselbe Person. Schon allein die Tatsache, dass für Carmen die Empore jederzeit zugänglich war, weil sie den Schlüssel beim Diakon unbemerkt hätte entwenden und wieder zurücklegen können, machte sie sehr verdächtig. Es wäre ihr auch möglich gewesen, ein Doppel herstellen zu lassen - es handelte sich nicht um einen Kaba-Schlüssel. Ihr drohte nun eine Anklage wegen dreifachen Mordes.

Die beiden Polizisten brachten Carmen herein und verschwanden wieder. Bonsai sollte sie bewachen, bis die anderen kommen würden.

Sie seufzte. «Ich habe nicht mehr viele Chancen, nicht wahr? Bonsai heissen Sie? Weshalb eigentlich?»

«Wahrscheinlich, weil ich so ein Riese bin», lachte dieser.

«Für mich sind Sie gross genug», meinte das Mädchen traurig.

«Wenn Sie in der fraglichen Zeit nur ein einziges Foto* gemacht hätten, wären Sie frei», entgegnete der Ermittler.

«Ein einziges Foto! Aber das habe ich doch!» Carmen sprang aufgeregt auf. «Ein Mädchen hat beim Eingang des Hallenstadions vor dem Konzert ein Selfie von mir und Mike Müller, dem Schweizer Schauspieler und Fernsehstar, gemacht. Ich habe die Frau gebeten, mir das Foto zu mailen – und das hat sie getan!»

«Sie haben das Foto auf Ihrem Handy?»

«Ja, ja, ja!» Carmen fiel Bonsai um den Hals und drückte ihm einen dicken Kuss auf den Mund. Ihre Lippen waren rot, voll und samtweich. Bonsai konnte nicht anders: Er presste die schöne Frau einen Augenblick lang ungestüm an sich und erwiderte den Kuss. Er spürte Schmetterlinge im Bauch und ihm wurde siedend heiss. Dann riss er sich zusammen und liess Carmen abrupt los. Nicht zu früh, denn in diesem Moment kamen Stampfli, Dr. Merian und ein Untersuchungsrichter zur Tür herein. Carmen sprintete zu ihrem Stuhl und Bonsai hatte rote Wangen. Stampfli warf ihm einen seltsamen Blick zu. Um jedem Kommentar zuvorzukommen, berichtete der junge Ermittler mit lauter Stimme von der neuen Erkenntnis.

Zwei Stunden später lag das Selfie von Carmen mit Mike Müller bei den Akten. Sie kam frei.

Natürlich brauchte es noch einen offiziellen Gerichtsbeschluss, der ihre Unschuld bestätigte. Aber das war nur eine Frage der Zeit. Heiri war am Verzweifeln.

NEUNUNDZWANZIG

Alle Beteiligten trafen sich um 8.15 Uhr in der Kripoleitstelle zu einer weiteren Sitzung. Diesmal war auch der Brandtouroffizier Alex Stammbach wieder dabei. «Haben wir irgendetwas, IRGEND-ETWAS?», fragte er genervt in die Runde.

Der Forensiker ergriff das Wort: «Keine Spuren am Messer. Der Mörder oder die Mörderin trug Gummihandschuhe. Wir haben nur einige Fasern eines handelsüblichen neuen Taschentuchs, mit dem die Waffe abgewischt wurde. Auf die gleiche Art wurde das Handy von Bernadette Trachsler abgestellt, mit dem sie kurz vor ihrem Tod einen Notruf ans Spital Zollikerberg abgesetzt hatte. Das war genau um 19.12 Uhr. Damit hat Carmen Vico wirklich ein wasserdichtes Alibi, denn das Foto mit dem Fernsehstar Mike Müller vor dem Hallenstadion wurde um 19.21 Uhr aufgenommen. Auf dem Handy und auf der Trinkflasche fand sich nur die DNA der Toten.»

Der Rechtsmediziner ergänzte: «Ich habe Bernadette Trachsler zusammen mit Dr. Schmidt noch am Sonntagabend obduziert. Es gab weder Abwehrspuren noch Verletzungen, ausser die letale durch den Stich mit dem langen Messer von vorne direkt ins Herz. Doch im Magen fanden wir eine potentiell tödliche Dosis eines Pflanzengiftes. Ein Teil davon war Digitalis. Der Rest lässt sich mit vernünftigem Aufwand nicht genau bestimmen. Leider wurde die Trinkflasche ausgeleert. Der Mörder oder die Mörderin hat das Opfer mit diesem Gebräu ausser Gefecht gesetzt. Ich verstehe allerdings nicht, wieso das notwendig war. Frau Trachsler war eher klein und schlank.»

Heiri Stampfli meldete sich zu Wort: «Sie war ausgebildet in Karate und ging jede Woche ins Training. Dies war allgemein bekannt, auch im Kirchenchor.»

Otto bemerkte lakonisch: «Dann wäre auch das klar. Ohne Gift hätte ein Angriff mit einem Messer für den Mörder oder die Mörderin gefährlich werden können.»

«Nun wäre es also an uns herauszufinden, wer von den in Frage kommenden Chormitgliedern die Möglichkeit besass, ein solches Gift zu brauen», meinte Stampfli. «Wir nehmen das sofort an die Hand. Bonsai, du bietest noch Irma und Manfred auf. Sie sollen Jogger und Fahrradfahrer im umgrenzenden Waldgebiet - etwa fünf Kilometer rund um den Tatort - befragen, ob ihnen etwas aufgefallen ist, z.B. ein Auto, das regelmässig auf dieser Strecke geparkt war, oder ein Fussgänger, der lange neben der Strasse wartete. Der Mörder oder die Mörderin muss die Lokalität vorher ausgekundschaftet haben. Ich werde einen Medienaufruf starten. Vielleicht hat ein Automobilist etwas beobachtet. Ist das okay, Dr. Merian?»

«Tun Sie das, tun Sie das. Es ist genug Zeit verstrichen, es wird langsam peinlich, dass wir keine konkreten Verdachtsmomente haben. Nachdem unsere beiden Linkshänder nicht mehr als Täter in Frage kommen, wurde der Mord vermutlich von einer Person ausgeübt, die mit rechts und links gleich geschickt ist.»

Die Versammlung wurde aufgelöst.

Auf dem Weg zum Büro fragte Stampfli: «Wer vom Kirchenchor wusste, dass Bernadette jeden Samstag durch den Wald zu ihrer Mutter fuhr? Für diesen Mord braucht es Insiderwissen. Kannst du das abklären, Bonsai?»

«Mach ich. Ich fahre gleich nach Witikon, sobald ich Irma und Manfred instruiert habe.»

DREISSIG

Bonsai hatte nach den ersten drei Befragungen herausgefunden, dass alle Mitglieder des Kirchenchors Bescheid wussten. Bernadette hatte in den Pausen von ihren samstäglichen Besuchen bei ihrer Mutter erzählt. Vom Karatetraining sprach sie öfters, denn sie hatte sich ein wenig in ihren Karatelehrer verliebt.

Ihm war aus den Akten bekannt, wo Carmen wohnte. Als er fast zufällig an dem einfachen, mit viel Liebe gepflegten Haus vorbeifuhr, konnte er nicht anders: Er musste anhalten. Rechts und links des Kiesweges standen Rosenstöcke, die im Sommer sicher herrlich blühten. Er stellte seine Vespa ab und ging den Weg entlang bis zur Haustür, an der ein inzwischen ausgetrockneter Adventskranz hing: Fichtennadeln, dazwischen goldene Violinen, silberne Trompeten und kunstvolle rote Schleifen, ein bisschen speziell, aber passend zu Carmen, wie Bonsai fand. Das Herz klopfte ihm bis zum Hals. Er hatte hier nichts verloren. Er war ein Ermittler und sie eine ehemals Verdächtige. Genau, e h e m a l s Verdächtige, versuchte der junge Mann, sich zu beschwichtigen. Sie war es ja nicht mehr. Entschlossen drückte er auf die Klingel. Carmen öffnete erst nach einer Weile. Sie trug ein schlichtes, blaues Hauskleid und hatte einen Putzeimer in der Hand.

«Ich störe Sie beim Putzen?», stammelte Bonsai verlegen.

«Nein, nein, ich bin gerade fertig. Wollen Sie hereinkommen?» Ihre Augen weiteten sich vor Freude. «Ich würde meinem Retter gerne Kaffee und Kuchen anbieten. Ich habe ihn selbst gebacken.»

«Ich will nicht... ich... doch, ich liebe Kuchen», brachte Bonsai schliesslich heraus.

Das Innere des kleinen Hauses war schlicht, aber sauber und gepflegt. Offenbar hatte Carmen die Gabe, ihre Einrichtung so zu wählen, dass sie auf den Betrachter einladend wirkte. Über der Kommode tickte eine Standuhr.

«Die ist noch von meiner Mutter.»

Daneben standen zwei blühende Orchideentöpfe. Auf dem Stubentisch lockte eine Schale mit roten Äpfeln und Baumnüssen.

«Nehmen Sie Kaffee oder Tee? Ich habe beides.»

Bonsai entschied sich für Kaffee. «Aber mache ich Ihnen keine Umstände?»

«Nein, nein.» Carmen lächelte.

Es dauerte nicht lange, so stieg ihm verlockender Kaffee- und Kuchenduft in die Nase. Sie hatte einen Apfelkuchen gebacken. Er war noch leicht warm. Als sie ihn hereinbrachte, hatte sie ein weisses

Schürzchen umgebunden. Mein Gott, welche Schönheit, so einfach sie sich gab.

Bonsai spürte plötzlich einen Kloss im Hals. Er hatte hier nichts verloren. Er musste sofort verschwinden. Aber er blieb.

«Haben Sie dieses Haus gekauft oder gemietet?», fragte er verlegen. «Entschuldigung, Sie müssen nicht antworten.»

«Oh, natürlich dürfen Sie das fragen. Es ist mein Elternhaus. Ich habe als Kind immer mit den Nachbarkindern gespielt, hier und im nahen Wäldchen. Es war sehr schön.» Sie schaute verträumt in die Ferne.

Sie begann, von ihrer Kindheit zu erzählen. Damals war noch alles in Ordnung. Dann musste irgendetwas passiert sein, was die Idylle störte, denn Carmen hatte wieder diesen verlorenen Blick wie nach dem Tod von Georg Amstutz. Bonsai stand auf. «Entschuldigen Sie, ich halte Sie auf. Ich muss jetzt weiter. Dankeschön für den wunderbaren Kuchen.»

Da packte sie seine Hand: «Herr Delafontaine oder Bonsai, kommen Sie wieder. Sie würden mir eine grosse Freude bereiten.»

Er kam wieder. Und wieder. Manchmal trafen sie sich in Carmens Häuschen. Meistens machten sie jedoch einen Spaziergang bis zum Alten Kirchlein Witikon, in dessen Mauern seit der kurzen französischen Fremdherrschaft um 1800 und den Kämpfen von Napoleons General Masséna gegen die Österreicher zwei Kanonenkugeln steckten. Sie setzten sich auf dem Hügel auf eine Bank hinter dem kleinen Friedhof und genossen die wärmende Märzensonne und die Aussicht auf die Apfelbäume und das Limmattal. Es war jetzt eine Oase der Ruhe.

Das Mädchen erzählte Bonsai viel von ihrem jungen und doch so tragischen Leben, vom Tod des Vaters, von der Zeit im Kloster, von ihren Gesangsstunden bei einer musikbegabten Nonne, von Georg, ihrer ersten und einzigen Liebe, von den qualvollen Jahren ohne ihn und dann dem Wiedersehen, als er Diakon und ein verheirateter Mann war. Wie sie lange gegen ihre Leidenschaft gekämpft hatte und es doch nicht schaffte zu widerstehen. Und dann der Tod von Georg und die Gefangenschaft.

Auch heute sassen sie auf ihrer Bank. Da sagte Carmen unvermittelt: «Ich fange an, mich damit abzufinden, dass meine Liebe zu Georg nicht sein durfte. Es ist komisch, aber jetzt, wo er tot ist, kann ich ihn loslassen. Mir tut nur seine arme Frau leid. Wie kann sie ohne ihn mit ihren fünf Kindern weiterleben?»

«Ich darf dir das eigentlich nicht sagen (irgendwann waren die beiden zum „Du" übergegangen), ich weiss es aus den Verhören: Sie hat Georg am

Schluss nicht mehr geliebt. Sie lebt nur für die Kinder und die Religion. Sie ist zu ihrer Mutter gezogen und führt sicher ein zufriedenes Leben.»

«Oh, da bin ich aber froh.» Carmen strahlte, wie meistens in letzter Zeit.

Da tat Bonsai das, was er schon immer tun wollte: Er nahm sie in den Arm und küsste die roten Lippen, die er seit dem ersten Kuss im Untersuchungsraum nicht mehr vergessen konnte. Er küsste sie wieder und wieder, und als er Carmen anschliessend nach Hause brachte, musste er sich zwingen, sich zu verabschieden und sie nicht in ihr Heim zu begleiten.

Sie trafen sich weiterhin auf der verschwiegenen Bank hinter dem Friedhof. Bonsai wusste, dass er den Verlockungen der verführerischen Frau nicht mehr lange widerstehen konnte. Er wollte aber den Augenblick der körperlichen Vereinigung hinauszögern, obschon er fühlte, dass auch Carmen sich danach sehnte.

An einem Abend fiel es ihn besonders schwer. Er hatte ihre warme Jacke geöffnet und eine Hand in ihre Bluse geschoben. Ihre Zunge umspielte die seine sehnsüchtig. Er spürte ein fast unüberwindliches Ziehen in den Lenden. Am liebsten hätte er Carmen trotz der noch kühlen Witterung auf der Bank genommen. Da hörte er ein leises Geräusch hinter dem Gebüsch. Er zuckte zusammen. Carmen richtete hastig ihr Oberteil, sie standen beide eilig auf und gingen wortlos zum Haus zurück.

Vor der Haustür wollte sich Bonsai mit einem zärtlichen Kuss verabschieden.

«Nein, nicht heute», protestierte da Carmen. «Heute möchte ich mit dir schlafen.» Ihre Hand legte sich besitzergreifend auf seinen Schritt. Sie gab ihm den Hausschlüssel, und Bonsai öffnete die Tür mit zitternden Fingern.

Kaum waren sie im Haus, verloren die beiden jungen Menschen die mühsam aufrechterhaltene Beherrschung. Im Nu hatte Bonsai seine Geliebte ausgezogen. Sie trug nur noch den Büstenhalter, als er sie auf den Küchentisch setzte und ihren Bauch mit Küssen übersäte. Dann nahm Bonsai sie in die Arme und trug sie zum Bett im ersten Stock. Seine Kleider flogen in die Ecke. Er zog Carmen den BH aus und streichelte ihre Nippel, saugte an ihnen, bis sie erregt flüsterte: «Komm endlich zu mir.» Es gab kein Halten mehr. Er nahm sie, langsam zuerst, dann immer schneller und tiefer, bis sie vor Lust schrie. Sie erreichten den Höhepunkt zusammen und lagen nachher ermattet in den Kissen.

«Es tut mir unendlich leid, aber ich sollte los», flüsterte Bonsai, als er Carmen nochmals zärtlich küsste. «Du wirst dich daran gewöhnen müssen, dass ein Polizist zu ungewöhnlichen Zeiten im Einsatz ist.»

«Ja, ja, macht nichts», kicherte Carmen glücklich.

Wenig später bestieg Bonsai die Vespa und fuhr in Gedanken versunken durch Witikon Richtung Katzenschwanzstrasse. Er wollte Carmen nie mehr an der Tür verabschieden. Ob sie einwilligen würde, seine Frau zu werden? Dazu war es bestimmt zu früh! Sie kannten sich noch nicht lange. Aber sein ganzer Körper brannte schon wieder vor Verlangen nach der sinnlichen Frau. Er sollte sich besser konzentrieren. Inzwischen befand er sich im dunklen Wald, und die Strecke war gefährlich. Trotzdem schweiften seine Gedanken zu Carmens Lippen und ihren üppigen Formen ab.

Er hörte den schwarzen Wagen nicht kommen. Plötzlich wurde seine Maschine nach rechts abgedrängt. Er versuchte abzubremsen und auszuweichen. Da streifte das Vorderrad des Autos die Aufhängung seines Hinterrades. Bonsais Vespa kippte und traf am Strassenrand auf einen Baumstrunk. In hohem Bogen flog der junge Mann auf die Bäume zu. «Abrollen» dachte er, bevor er auf den Boden prallte und das Bewusstsein verlor. Er kam nur wenig später wieder zu sich und glaubte, in einiger Distanz ein schwarzes Auto verschwinden zu sehen. Sein Kopf schmerzte und Blut tropfte auf die Kleider. Die Vespa war zerbeult und nicht mehr zu gebrauchen. Bonsai setzte sofort einen Polizeinotruf ab. Nach zehn Minuten kam ein Streifenpolizist.

EINUNDDREISSIG

«Das war versuchter Mord», beteuerte der junge Ermittler immer wieder, als Stampfli und zwei weiteren Kollegen ihn verhörten.

«Hast du das Autokennzeichen nicht erkannt? Oder wenigstens die Automarke?», insistierte Heiri. «Du bist doch sonst ein guter Beobachter.»

«Ich wurde überrumpelt und nach dem Sturz tat mir der Kopf so weh, dass ich nichts genau erkennen konnte. Das Auto war gross und schwarz.»

«Toll, auf diese Beschreibung passen zigtausend Autos. Unsere Forensiker haben den fremden Lack auf deinem Schrotthaufen untersucht. Er ist wirklich schwarz, aber es ist keine Originalfarbe. Der Rowdy muss seinen Wagen selbst gespritzt haben. So kommen wir nicht weiter. Wer könnte ein Interesse daran haben, dich umzubringen, Bonsai?»

«Null Ahnung.»

«Wen hast du in letzter Zeit befragt?»

«Die drei Mitglieder des Kirchenchors, die mir übereinstimmend erklärt haben, es hätten alle gewusst, dass Bernadette Trachsler jeden Samstag zu ihrer Mutter gefahren sei und Karateunterricht genommen habe.»

«Wir werden die drei nochmals befragen.»

Aber auch diese Untersuchungen verliefen im Sande.

ZWEIUNDDREISSIG

Am nächsten Tag bekam Stampflis Tochter Susanne morgens um acht Uhr einen Anruf ihres 75-jährigen Kollegen Otto Haller aus Bern, der den Organistendienst in der St. Fabian Kirche versah. «Susanne, gut, dass ich dich erreiche. Wir haben uns schon einmal gesprochen wegen einer Vertretung in Zürich-Witikon.»

«Ja, Otto, das ist so, und ich habe dir gesagt, dass ich infolge Überlastung nicht einspringen kann.» Susanne hatte damals auch abgelehnt, weil ihr Vater der Meinung war, dies sei viel zu gefährlich.

«Das ist mir klar, doch es handelt sich um einen Notfall. In weniger als zwei Wochen ist Ostern, und der Chor wird die Turmbläsermesse von Fridolin Limbacher singen. Die vier Bläser, nämlich zwei Trompeter und zwei Posaunisten, sind engagiert. Nun hat mir der Hausarzt strikt verboten, meinen Einsatz zu Ende zu bringen. Ich habe gestern einen Herzanfall erlitten, mit dem nicht zu spassen ist. Susanne, du musst mir helfen! Ich kenne sonst niemanden, der dies machen könnte. Nach den Frühlingsferien wird eine neue Organistin anfangen, aber zurzeit weilt sie in den Ferien.»

«Hm, ich spiele in der Osternacht schon in einem Gottesdienst mit Chor im Kanton Solothurn. Aber gut. Wenn ich mich auf den Kopf stelle… Die

Turmbläsermesse ist mir bekannt. Ich habe sie vor drei oder vier Jahren begleitet. Wann sind denn die Proben?»

«Ja, das ist das grösste Problem: Bereits heute Abend findet eine Probe mit dem Chor alleine statt, in einer Woche die Hauptprobe mit den Solisten und am Ostermorgen um 9 Uhr eine lange Vorprobe. Ginge das?», fragte Otto ängstlich.

Susanne lachte: «Nein, es geht nicht, … aber ich mache es trotzdem.» Otto atmete hörbar erleichtert aus. Sie besprachen noch das Finanzielle, und sie wünschte Otto von Herzen gute Besserung.

Anschliessend rief sie ihren Vater im Büro an. «Hallo Papa, du, ich habe heute einen Ausflug nach Zürich vor. Können wir uns zum Mittagessen treffen?»

«Ja, das ist jetzt ein bisschen ungünstig. Ich habe nämlich schon Bonsai zum Essen eingeladen. Er hatte gestern einen unschönen Einsatz, und ich möchte ihn aufmuntern.»

«Das trifft sich doch bestens», meinte seine Tochter fröhlich. «In welchem Restaurant wird das denn stattfinden?»

«Du meinst, wir sollen alle zusammen essen?»

«Natürlich, spricht etwas dagegen?»

«Nun, ich wollte zu Hause Spaghetti und Fruchtsalat machen. Wenn du das für mich übernehmen willst? Dann bin ich einverstanden.»

«Das glaube ich», lachte Susanne. «Jetzt muss ich mich aber sputen. Um 12.15 Uhr in deiner Wohnung, okay?»

«Sehr gerne.»

Susanne suchte die Partitur der Limbacher Messe in ihren Noten und fand sie rasch. Sie fuhr mit dem Bus zum Bahnhof Aarau, holte eine Cola am Kiosk und stieg in den Schnellzug nach Zürich. Unterwegs studierte sie die Orgelnoten. Sie waren ihr noch gut in Erinnerung.

Im Zürcher Hauptbahnhof fuhr sie mit der Rolltreppe in die Unterführung hinunter, wo es genug Lebensmittelläden gab. Sie erstand alle Zutaten für ein einfaches Mahl, inklusive Spaghetti, Rahm, Butter, Eier, Parmesan und Zwiebel, da sie nicht wusste, was ihr Vater zu Hause hatte. Wenn ein schwieriger Mordfall anstand, war vermutlich nur Bier und vergammelter Schinken vorrätig. Nun brauchte sie noch eine Zitrone, sie wollte Zitronenspaghetti zubereiten. Die hatte sie ihrem Papi versprochen, in der Eintr8. Versprechen muss man halten, lachte sie vor sich hin. Beim Früchtestand konnte sie auch die Ingredienzen fürs Dessert* erstehen. Ein simpler Orangensalat war die Lösung.

Bloss jetzt nicht viel Zeit verlieren. Sie hastete zum Tram*.

Schon immer besass sie einen Schlüssel zur Wohnung ihres Vaters. Sie erwartete ein Chaos, wurde aber angenehm überrascht. Offensichtlich hatte Papa kürzlich Zeit gefunden, um aufzuräumen. Die Wäschetruhe im Bad quoll nicht über. Nur ein einziger Teller stand in der Spüle, er war schnell abgewaschen. Im Kühlschrank herrschte tatsächlich gähnende Leere: ein kleiner Rest Käse und ein Klacks Butter, das war alles. Und natürlich ein paar Bierflaschen.

Zum Glück hatte sie das Notwendige eingekauft. Während das Spaghettiwasser kochte, hackte sie die Zwiebel und schnitt die Zitronenschale in feine Streifen. Der Vater besass keine Reibe. Den Saft musste sie von Hand auspressen. Sie bereitete die Sauce* mit Rahm zu und gab die Spaghetti ins heisse Wasser. Nicht zu früh.

Ihr Papa tauchte mit einem eher schmächtigen Mann im Schlepptau auf. Dieser hatte einen Verband um den schmalen Kopf gebunden. Seine braunen Augen blickten müde in die Welt. Trotzdem fühlte sich Susanne sofort von dem jungenhaften Mann angezogen.

«Freut mich, Sie kennenzulernen, Frau Stampfli». Die Stimme war tief und sympathisch.

«Ich bin Susanne», hörte sich Stampflis Tochter zu ihrer eigenen Überraschung sagen.

«Pierre oder Bonsai», lachte da der junge Ermittler.

«Okay, Bonsai.» Sie hatte natürlich schon vom Mitarbeiter ihres Vaters gehört.

Sie stellte eine Karaffe mit Wasser auf den Tisch. Während der Arbeitszeit war Alkohol tabu. Die Männer tranken durstig. Das Gespräch zwischen den Dreien kam ohne Schwierigkeiten in Gang. Dann wollte Susanne wissen, was mit Bonsai geschehen sei. Sie bekam keine Antwort. «Kein Problem, schon klar, ihr dürft nicht darüber reden.»

«Und - was machst du denn in Zürich heute?», fragte ihr Vater.

«Oh, ich darf leider nicht darüber reden», antwortete sie lachend.

Dann musste sie sich der Zubereitung der Speisen widmen. Während sie die Orangen schnitt, zeigte Heiri dem Gast seine CD-Sammlung. Er stellte überrascht fest, dass Bonsai einiges von klassischer Musik verstand. Er hatte ebenfalls ein Faible für Bach und liebte Chormusik. Das war bei der Ermittlungsarbeit nie zur Sprache gekommen.

Die Zitronenspaghetti fanden sehr guten Anklang. Obwohl Susanne eine Riesenportion zubereitet hatte, wurde alles aufgefuttert. Nach Orangensalat und Kaffee gab es eine angeregte Diskussion. Susanne begann ganz offen mit Bonsai zu flirten, doch der junge Mann ging zu ihrem Bedauern nicht darauf ein.

Plötzlich wurde Heiri ernst.

«Was ist denn?», wollte Susanne wissen.

«Ich komme in unserem derzeitigen Fall nicht weiter. Es ist wie verhext.»

«Mit den Kirchenchor-Mordfällen?»

«Ja, langsam frage ich mich, ob ich zu alt bin für meinen anspruchsvollen Job. Merian macht immer wieder entsprechende Bemerkungen.»

«Vater, du bist einer der Besten. Vergiss nicht, dass du im Oktober den komplizierten Drogenmord aufgeklärt hast. Und was ist mit dem Eltern-Doppelmord vor zwei Jahren? Dafür hat man dich sogar in der Presse belobigt. Dr. Merian mag dich einfach nicht. Nicht hinhören.»

«Du hast ja recht. So, jetzt müssen wir zur Arbeit zurück. Lass doch das Geschirr stehen. Ich kann es heute Abend abwaschen. Wir danken dir herzlich für das wunderbare Essen. Viel Spass bei deiner geheimen Beschäftigung.»

«Macht's gut, ihr zwei.» Susanne liess die Hand von Bonsai einen Augenblick zu spät los. Dieser merkte es gar nicht. Stampfli schmunzelte.

Als die Männer gegangen waren, holte sie Schreibpapier und Stift, um das Rezept für zwei Personen aufzuschreiben. Ihr Vater kochte gerne ihre Gerichte nach. Sie durften nur nicht zu schwierig sein. Mit der Zungenspitze zwischen ihren Lippen schrieb sie:

«Spaghetti an Zitronensauce (für 2 Personen)*

150 bis 200 g Spaghetti

1 kleine Zwiebel

1 Esslöffel Kochbutter

abgeriebene Schale von ½ Zitrone, bio

Saft von ½ Zitrone

1 dl Rahm (Sahne)

1 Eigelb (verquirlt)

2 Esslöffel geriebener Parmesan

Salz / schwarzer Pfeffer

1. *Spaghetti kochen*

2. *Inzwischen Zwiebel schälen und sehr fein hacken, ev. reiben. In der Butter mit der Zitronenschale andünsten. Den Zitronensaft dazu geben und fast vollständig einkochen lassen (Achtung: brennt leicht an). Rahm beifügen und aufkochen (zugedeckt beiseitestellen).*

3. *Wenn die Spaghetti gar sind, abgiessen, abtropfen lassen und die Sauce* nochmals erwärmen. Das verquirlte Eigelb und den Parmesan unterrühren, die Sauce mit Salz und Pfeffer abschmecken. Sofort mit den Spaghetti mischen und servieren. En Guete**

Anschliessend widmete sie sich dem Abwasch. Zwar hatte ihr Vater versichert, er würde das erledigen, aber das konnte sie nicht zulassen.

Es war Zeit für die Probenvorbereitung. Sie fuhr mit Tram* und Bus nach Witikon.

DREIUNDDREISSIG

Der Chorleiter liess zum dritten Mal den Beginn der Turmbläsermesse von Limbacher repetieren. «Passt gut auf: Hier im „Kyrie“ ist die Melodie ähnlich, aber nicht gleich wie in Takt 9 vom „Agnus Dei“. Der Anfang muss immer exakt und fehlerfrei sein. Das ist die Visitenkarte eines Chores. Sollten nachher Ungenauigkeiten vorkommen, merkt das Publikum das weniger. Auch der Schluss muss genau stimmen. Er bleibt in Erinnerung.»

Susanne wurde etwas müde. Die Chemie zwischen ihr und den Mitwirkenden stimmte. Das war nicht selbstverständlich. Aber der Chorleiter war sehr fordernd. Sie war froh, als eine Pause angesagt wurde. Hansueli Meier verteilte Mineralwasser in Fläschchen. Niemand wollte Tee. Jeder misstraute jedem. Eigentlich kein Wunder.

«Mir war immer klar, dass Carmen nichts mit den Mordfällen zu tun hatte. Sie ist eine von uns. Sie ist doch hier in Witikon aufgewachsen, gell Gabriel?» Das war die alte Magdalena von Blumenthal. Zum Bekräftigen ihrer Aussage schlug sie mit ihrem Stock auf den Boden.

Der Chorleiter, der gerade seine Noten ordnete, schaute irritiert auf.

«Carmen ist eine unserer beliebtesten Chorsängerinnen. Sie ist in Ordnung», liess sich der

Kirchenchorpräsident Thomas Truffer vernehmen und lief dabei rot an. Die Vielgerühmte war auf dem Klo und bekam von alldem nichts mit.

«Aber wir wissen immer noch nicht, wer es war», zwitscherte Marili Schneeberger.

Der Chorleiter klopfte mit dem Taktstock an sein Pult. «Ruhe. Das ist Sache der Polizei. Unsere Aufgabe besteht jetzt darin, trotz allem zu einem schönen Ostergottesdienst beizutragen. Wir machen in fünf Minuten weiter. Ich bitte euch, euer Bestes zu geben und euch zu konzentrieren.»

Susanne seufzte. Es war nicht leicht, so zu musizieren. Die Stimmung war immer noch angespannt. Aber irgendwie schaffte es der Chorleiter, dass alle am gleichen Strick zogen.

VIERUNDDREISSIG

Fast eine Woche später:

Susanne stieg die gewundene Holztreppe zur Empore hinauf. Es war immer noch kühl in der St. Fabian Kirche, kurz vor Ostern. Morgen würde die letzte Probe mit den Bläsern stattfinden und die Orgelregistrierungen mussten vorbereitet werden. Susanne schauderte. Die feinen Härchen an ihren Oberarmen stellten sich auf, so als hätte sie eine Vorahnung. Du bist ein Angsthase, schalt sie sich. Hier sind zwar zwei Morde geschehen, aber das ist vorbei. Du bist nur als Musikerin angestellt und hast mit dem Chor sonst nichts zu schaffen. Oder hast du jemanden mit deinen neugierigen Fragen aufgescheucht? Sie hatte die eindringlichen Warnungen ihres Vaters immer noch im Ohr. Da vernahm sie es: leise schlurfende Schritte. Die Kirche war leer gewesen, als sie das Schiff betrat. Jedenfalls hatte sie niemanden gesehen, aber natürlich war es möglich, sich hinter einer der vier Säulen oder dem Altar zu verstecken. Sie hastete zur Balustrade und schaute hinunter. Nichts. Da, wo sie jetzt stand, war Melanie niedergestochen worden. Susanne wischte sich die feuchte Stirn ab und gestand sich ein, dass sie Angst hatte. Sie packte ihr Handy und war drauf und dran, die Polizei anzurufen. In diesem Moment hörte sie, wie die Kirchentür leise geschlossen wurde. «Pfft». Erleichtert ging sie zur Orgel und wollte gerade ihre Noten auf den Notenhalter legen, als sie es sah: Es war ein weisses A-4 Blatt. Darauf einzelne, aus einer Zeitung herausgeschnittene und aufgeklebte Buchstaben – ein Spruch?

AMOREM NOSTRUM BIS PRODIDISTI / LOCO AMOENO REQUIESCAS IN PACE.

Mein Gott! War das eine Drohung? Als Kirchenmusikerin verstand Susanne ein paar Brocken Latein. „Pater noster“ = unser Vater. „Amorem nostrum“, wahrscheinlich „unsere Liebe“. Ein Bis war in der Musik eine Wiederholung. „Prodidisti“, keine Ahnung. „Locus amoenus“ war in der Literatur ein schöner Ort. „Requiescas in pace“. Mein Gott, „requiescat in pace“ war eine Grabinschrift und bedeutete „er/sie ruhe in Frieden“. Irgendjemand wurde mit dem Tode bedroht.

Susanne bekam kaum Luft mehr. Mit zitternden Fingern wählte sie auf ihrem Handy den Polizeinotruf. Es gelang ihr fast nicht, sich verständlich zu machen. Dann ging alles schnell. Nach einer halben Stunde wimmelte es auf der Empore von Polizisten. Ein Forensiker in Overall und Gummihandschuhen versenkte das bedrohliche Papier in einem Asservatenbeutel und puderte den Notenhalter und die Manuale ein. Sogar die Pedale wurden mit einer weissen Schicht bedeckt. Susanne sah keine Möglichkeit mehr, heute zu üben. Sie fühlte sich ohnehin nicht dazu imstande. Sie zitterte immer noch am ganzen Körper, als Stampfli die Holztreppe heraufgerannt kam. Er war wütend und ängstlich zugleich.

«Um Gotteswillen, Kind! Bist du okay? Was ist passiert? Was hast du gemacht? Bist du von allen guten Geistern verlassen! Ich habe dir gesagt, dass du dich nicht einmischen sollst. Musst du dich ausgerechnet in der St. Fabian Kirche als Stellvertreterin melden!»

Susanne schwieg. Da nahm ihr Vater sie einfach in die Arme. Nach ein paar Minuten war sie fähig, alles zu erzählen. Bonsai hatte rücksichtsvoll im Hintergrund gewartet. Im Gymnasium war Latein sein Lieblingsfach gewesen. So konnte er noch die Bedeutung von «prodidisti» beisteuern. Es hiess «du hast verraten». Die ausgeschnittenen Buchstaben bedeuteten also:

AMOREM NOSTRUM BIS PRODIDISTI / LOGO AMOENO REQUIESCAS IN PACE

DU HAST ZWEIMAL UNSERE LIEBE VERRATEN / MÖGEST DU AM SCHÖNEN ORT IN FRIEDEN RUHEN.

«Das ist eine Morddrohung», stellte Stampfli fest. «Nur wissen wir nicht, wen der Mörder oder die Mörderin diesmal im Visier hat. Es ist zum Verrücktwerden».

Bonsai wurde plötzlich bleich und stammelte, er habe dringend etwas zu erledigen. Bevor Stampfli sich dazu äussern konnte, war sein Mitarbeiter verschwunden.

«Weisst du, was hier los ist?», fragte Susanne.

«Nein. Aber wir müssen sofort herausfinden, wer das geschrieben hat. Es kommen diesmal zum Glück nicht viele Leute in Frage, wenn der Täter ein Mitglied des Kirchenchores ist, was wir hoffen. Aber es ist fast aussichtslos herauszufinden, wo dieser „locus amoenus“, der schöne Ort, sein könnte.»

Stampfli griff zum Handy und wies die anderen Mitarbeiter in der Kripoleitstelle an, die Dossiers der Kirchenchormitglieder nach jemandem durchzusehen, der Latein gelernt hatte. Die Antwort kam schnell:

Carmen hatte drei Jahre lang eine Klosterschule besucht, Gabriel im Gymnasium Latein gebüffelt und eine klassische Grundausbildung genossen. Trotzdem war er in keinem Beruf sesshaft geworden und musste sich mit Gelegenheitsarbeiten über Wasser halten.

«Wir haben ihn», murmelte der Ermittler. Er hatte nicht auf Susanne geachtet, die immer noch wie ein Häufchen Elend in einer Chorbank sass.

Plötzlich fuhr sie auf, wie von einer Tarantel gestochen. «Gabriel? Ja, jetzt erinnere ich mich. Ein Chormitglied hat in der Probe erzählt, dass Carmen und Gabriel am gleichen Ort aufgewachsen seien. Sie sei eine gute Frau, eine von hier.»

In der Zwischenzeit raste Bonsai in Heiris Opel zu Carmens Haus. Er hatte nicht gefragt, ob er den Wagen benutzen dürfe. Seine Freundin war gestern Abend nicht zu ihrem Rendezvous erschienen. Er hatte bei ihr vergeblich geklingelt und an die Haustür geklopft. Der Verdacht war unerträglich. Mit einem Quietschen brachte der Ermittler das Auto zum Halten und rannte bis zum Eingang. Die Tür war nicht abgeschlossen!

«Carmen, Carmen!» Er schrie, als er in das Haus eindrang. Niemand antwortete. Da sah er ihre Handtasche und ihr Handy auf dem Küchentisch. «Carmen!» Er stürmte durch alle Zimmer. Im Schlafzimmer war das Bett gemacht, ein süsses, hellblaues Nachthemd lag auf dem Kissen. Aber Carmen war nicht da. Sie hätte sich nicht ohne Tasche und Handy aus dem Haus begeben und erst noch die Tür offengelassen.

Bonsai schluchzte und rief seinen Chef an. «Heiri, ihr müsst sofort eine Suche starten. Carmen ist verschwunden. Sie ist das Opfer. Ich bin zu ihrem Haus gefahren. Die Haustür stand offen, niemand daheim. Handtasche und Handy sind aber noch da. Carmen muss entführt worden sein. Ich sende dir die Adresse.»

Heiri fragte nicht, wieso Bonsai so genau wusste, wo Carmen wohnte und weshalb er sie gesucht hatte. Er schickte sofort drei verschiedene Suchtrupps los. Eine Hundestaffel war dabei sowie zwei Forensiker, die vielleicht etwas in Carmens Haus finden könnten, was einen Hinweis über ihren Verbleib liefern würde.

Als Heiri zu seinem Opel gehen wollte, sah er, dass dieser verschwunden war. Bonsai hatte also den Dienstwagen genommen. Er musste völlig den Kopf verloren haben.

Susanne wusste Rat: «Du fährst mit mir, Papa. Ich habe Zeit, im Moment darf ich ja ohnehin nicht üben. Wohin soll ich dich bringen?»

«Am besten dorthin, wo Carmen wohnt. Ich zeige dir den Weg. Von dort aus nimmt mich bestimmt ein Kollege von einem Suchtrupp mit. Oder Bonsai, der mein Auto ausgeliehen hat.»

FÜNFUNDDREISSIG

17.00 h am Tag vorher:

Es klingelte. Carmen stand gerade vor dem Badezimmerspiegel und tuschte die Wimpern. Sie freute sich auf das Rendezvous mit Bonsai. In seiner Gegenwart konnte sie immer wieder unbeschwert sein und für ein paar Stunden ihren Kummer und ihr schlechtes Gewissen wegen Georg vergessen. Sie mochte den jungen, unkomplizierten Ermittler. Es war schön gewesen, mit ihm zu schlafen. Ob einmal mehr daraus werden könnte, wusste sie selbst noch nicht.

Es klingelte ein zweites Mal. Mit Bonsai rechnete sie nicht. Sie waren erst für 18 Uhr beim Alten Kirchlein Witikon verabredet. Sie fanden es gut, sich wie gewohnt dort zu treffen, auch wenn sie später zusammen sein wollten. Als sie die Tür öffnete, erschrak sie ein bisschen.

«Hallo Carmen.»

«Du, Gabriel? Was gibt's?»

«Ich will dir etwas zeigen.» Er hatte sein Handy in der Hand und ging ein paar Schritte zurück. «Komm».

Was sollte das? Zögernd folgte ihm Carmen.

Blitzschnell steckte Gabriel das Handy in die Hosentasche, packte Carmen und drehte ihr brutal die Arme auf den Rücken. Bevor sie reagieren konnte, hatte er ihre Hände mit einem Seil zusammengebunden und ihr einen dicken, wollenen Umhang umgelegt. Sie wollte schreien, da spürte sie ein grosses Messer an ihren Rippen.

«Still, kein Wort.»

«Gabriel, was…?»

«Still, habe ich gesagt. Komm, wir gehen.»

Der Mann hielt sie grob umfangen und stiess sie vorwärts. Ihr blieb nichts anderes übrig als mitzugehen.

«Schneller, wir müssen uns beeilen.»

Mein Gott, was hat dieser Irre mit mir vor, fragte sich Carmen. Sie schaute verzweifelt um sich. Konnte ihr niemand zu Hilfe kommen?

«Wenn wir jemandem begegnen, sind wir ein Liebespaar, das spazieren geht. Kein Wort, verstanden?»

Als Carmen keine Antwort gab, drückte Gabriel das Messer schmerzhaft in ihre Seite. «Verstanden?»

Sie nickte verzweifelt.

Sie hatten etwa 200 Meter in Richtung Trichtenhausermühle zurückgelegt, als ihnen eine Mutter mit Kind entgegenkam.

«Wenn du auch nur einen Mucks machst, gibt es Tote. Das Kind stirbt zuerst.»

O Gott, Gabriel musste der gesuchte Mörder sein. Was sollte sie nur tun?

Die Frau und das Kind kamen immer näher.

«Mama, warum hält der Mann die Frau so fest?» Das Kind blieb vor Carmen stehen.

«Meiner Frau geht es nicht so gut!», erklärte Gabriel. «Da muss ich sie festhalten.»

Das Kind kam noch näher. Carmen wagte kaum zu atmen.

«Soll ich einen Arzt rufen?» Die Frau holte ihr Handy heraus.

«Nein, nein, es geht schon. Wir sind gleich zu Hause.»

«Okay», meinte die Frau zögernd, «wie Sie meinen», nahm ihre Tochter an der Hand und verschwand im nächsten Hauseingang.

Carmen schnappte nach Luft. Ihre Beine zitterten.

Gabriel aber zerrte seine Gefangene noch eine Weile weiter auf dem Weg, der für Autos gesperrt war, überquerte mit ihr eine Wiese und bog schliesslich in ein Wäldchen ab. Auf einer kleinen Lichtung blieb er vor einem tiefen Loch stehen. Bevor Carmen reagieren konnte, zog er ein chloroformiertes Taschentuch aus seiner Hosentasche und presste es ihr unter die Nase.

...

Als sie wieder zu sich kam, konnte sie sich nicht bewegen. Sie versuchte vergeblich, eine Hand zu heben. Sie hatte das Gefühl, ihre Beine seien festgezurrt. Hatte sie jemand gefesselt? Was war passiert? Gabriel? Ihre Augenlider klebten zusammen. Nur langsam gelang es ihr, die Augen zu öffnen. Vor ihr war Erde, Erdboden, nicht weit von ihr entfernt das Blätterdach eines Wäldchens. MEIN GOTT, ihr ganzer Körper steckte in der Erde, nur ihr Kopf schaute heraus. Sie konnte atmen, aber nicht sich bewegen. Sie war bis zum Hals lebendig begraben. Sie schaffte es nicht einmal zu schreien, dazu hätte sie zu viel Luft gebraucht. Ihr Brustkorb wurde zusammengedrückt.

«Gabriel?», presste sie da heraus.

«Ja, Carmen.» Er kauerte sich auf den Boden vor ihren Kopf. «Ich will dich nicht töten, nur musst du dich entscheiden – für mich. Zweimal hast du unsere Liebe verraten, einmal mit Georg und jetzt mit diesem Polizisten. Du gehörst zu mir. Wir gehören zusammen. Wir haben schon immer zusammengehört. Ich habe versucht, dich zu vergessen. Doch das ging nicht. Ich habe erkannt, dass ich ohne dich nicht leben kann. Ich habe dich lange vergeblich im Internet gesucht und endlich herausgefunden, dass du wieder hier in Witikon in meiner Nachbarschaft lebst. Das war für mich wie eine Offenbarung und ein Zeichen, dass wir für immer zusammengehören. Ich bin in den Kirchenchor eingetreten, um dir nahe zu sein. Als Melanie Hug lästerte, du hättest ein Verhältnis mit dem verheirateten Diakon, habe ich sie zum Schweigen gebracht. Doch dann ging es dir plötzlich schlecht und ich realisierte, dass sie die Wahrheit gesagt hatte. Der feige Georg entschied sich dafür, die Beziehung zu dir zu beenden, er war in keiner Weise deiner würdig. Er musste sterben, weil WIR zusammengehören.»

«Du hast die beiden umgebracht? Du bist ein Mörder», stammelte Carmen ungläubig.

«Ja, ich habe Melanie erstochen – als Rechtshänder mit der linken Hand notabene, um Verwirrung zu stiften - aber ich habe nicht daran gedacht, dass du Linkshänderin bist. Ich habe das getan, nachdem alle anderen Chormitglieder die Kirche verlassen hatten. Ich bin anschliessend zur Besprechung mit dem Diakon gegangen. Vor der Probe habe ich die Uhr auf seinem Pult nachgestellt und musste sie später wieder vorstellen, als er auf dem Klo war. So hat er mir ein wasserdichtes Alibi für die Tatzeit verschafft.

Er war sicher, ich sei unmittelbar nach dem Singen zu ihm gekommen. Ich habe ihn mit Absicht darauf hingewiesen und dabei auf die Uhr gezeigt. Er trug zum Glück nie eine Armbanduhr. Den Diakon umzubringen war noch einfacher. Ich wusste ja von seiner Sucht nach Likörpralinen. Ich habe vorher in einem günstigen Moment den Emporenschlüssel geholt, der immer auf dem Pult herumlag, und einen Wachsabdruck gemacht. Den Nachschlüssel konnte ich selber herstellen, es war ja ein einfaches Modell. Du weisst, ich bin handwerklich begabt. Ich musste nur noch ein Morphiumpräparat, das ich meiner Tante geklaut hatte, in die Pralinen spritzen. Und schon ist der liebe Diakon die Treppe runtergefallen und hat das Zeitliche gesegnet.»

«Du ha-hast Georg be-betäubt, so dass er zu Tode ge-gestürzt ist?», stotterte Carmen fassungslos. «Und jetzt hast du mich lebendig begraben und willst mich umbringen?»

«Nein, nein. Ich will dich nur bekehren. Dir zeigen, dass wir zusammengehören.»

«Zusammengehören? Ich soll zu einem Monster gehören? Niemals. Hast du etwa auch Bernadette Trachsler umgebracht? Du hast sie mit einem giftigen Pflanzen-Cocktail betäubt und dann mit einem Messer erstochen wie Melanie?»

«Ja, das war Pech. Ich habe ihr einen Gifttrank aus Digitalis und Eibe gebraut, weil sie Karate beherrschte. Sie hätte sonst mich töten können. Es wäre ihr ein Leichtes gewesen, mir das Messer aus der Hand zu schlagen. Die dumme Gans hat keine Ruhe gegeben, nachdem die Polizei bei ihr war. Sogar im Chor hat sie davon gesprochen, dass sie weitere Recherchen unternehmen wollte. Bald wäre sie darauf gekommen, dass meine Tante vor zwei Jahren notfallmässig Oxycodon bezogen hatte, als sie einmal bei mir zu Besuch war. Damals musste ich das Medikament in der Apotheke abholen. Ich habe eine Portion der Flüssigkeit für mich zurückbehalten, für alle Fälle. Man weiss nie, wann man so etwas brauchen kann.»

«Du bist ein Teufel! Hat deine Tante etwas bemerkt?»

«Nein. Dazu ist sie nicht schlau genug. Schade um Bernadette. Sie war sicher eine gute Apothekerin, aber in dieser Position ist Neugierde gefährlich. Ich durfte ihr natürlich nicht zu viel Digitalis geben. Sie musste noch lebend im Wald ankommen, damit ich sie mit dem Messer umbringen konnte und du ein Alibi bekamst. Ich wusste, dass du am Konzert warst.»

«Was? Das hast du geplant, um mich zu retten?»

«Ich liebe dich, Carmen. Ich habe dich schon immer geliebt, seit unserer Kindheit. Weisst du noch, wie wir uns hier an diesem „schönen Ort“ getroffen haben und Zukunftspläne schmiedeten?»

«Wir und Zukunftspläne schmieden? Du hast oft von deinen Plänen gefaselt, und ich habe dir zugehört, weil ich Mitleid mit dir hatte.»

«Mitleid!», heulte Gabriel. «Wir waren Seelenverwandte. Wir hatten beide unsere Väter verloren und uns gegenseitig getröstet.»

«Das mag ja stimmen, aber bald danach hat mich meine Mutter in die Klosterschule geschickt, und wir haben den Kontakt verloren. Wir hatten nie gemeinsame Zukunftspläne.»

«Wir sind für einander bestimmt. Ich verzeihe dir, dass du mich mit Georg und diesem Polizisten betrogen hast.»

«Bonsai? Was weisst du von Bonsai?»

«Ich habe euch beim Alten Kirchlein Witikon gesehen. Er hat dich wie ein Tier begrapscht. Und dann hat er es mit dir auf dem Küchentisch getrieben. Das musste er büssen.»

«Du hast uns beobachtet? Du hast vor dem Küchenfenster gestanden? Ekelhafter Spanner.»

«Ich wollte diesen Lustmolch umbringen. Ich habe seine Vespa mit dem Auto von der Strasse gedrängt, aber vielleicht hat er überlebt.»

«Bonsai», schrie Carmen. «Was sagst du da? Ist er verletzt? Er hatte die Absicht, mich heute Abend zu treffen. Er hat mir eine SMS geschickt. Wir haben uns seit einigen Tagen nicht gesehen.» Carmen begann zu weinen. «Du hast ihn von der Strasse gedrängt, du Schwein. Seit wann hast du überhaupt ein Auto?»

Gabriel lachte irre. «Es ist das alte schwarze Auto meines Vaters, ein Austin. Steht sonst in der Scheune und hat kein Kennzeichen. Ich habe mir Ersatzteile kommen lassen, verschiedene Kurse besucht und lange an dem Teil herumgebastelt. Dann habe ich ein Nummernschild gefälscht. Du kannst stolz sein auf deinen Gabriel.»

«Du bist nicht mein Gabriel. Ich hasse dich. Du hast versucht, Bonsai zu töten. Sag jetzt, ist er verletzt?»

«Bonsai heisst also der verliebte Polizist, so, so? Wahrscheinlich habe ich es nicht geschafft, ihn nachhaltig zu verletzen. Wie konnte ich wissen, dass der Mann so sportlich ist?»

Carmen schluchzte wieder.

«Der Idiot. Ich habe eingesehen, dass ich nicht alle Männer, die dich begehren, umbringen kann. Deshalb habe ich dich gekidnappt. Ich liebe dich, ich werde mit dir wegziehen und dich heiraten. Und du wirst mir immer treu sein.»

«Niemals. Da ziehe ich es vor, in diesem Drecksloch zu verrecken.»

«NEIN. NEIN.» Gabriel begann, sich hin und her zu wiegen. Dazu brabbelte er irgendwelche lateinischen Sprüche.

«Buddle mich wieder aus. Oder lass mich sterben. Aber ich werde nie deine Frau.» Es war inzwischen dunkel geworden. Carmen fror erbärmlich und hatte schrecklich Durst. Leider hatte sie den ganzen Nachmittag kaum etwas getrunken, in der Meinung, Bonsai würde sie nach dem Spaziergang und dem Schäferstündchen in ein Restaurant einladen. Jetzt bedauerte sie dies.

Sie konnte Gabriel nicht mehr sehen. Er war nurmehr ein Schatten, aber immer noch flüsterte er auf Lateinisch. Etwas bewegte sich in der Nähe. Vermutlich ein Tier. Wenn nur ein Spaziergänger vorbeikäme! Aber das war unwahrscheinlich in der Nacht. Ihr war kalt, so kalt. Und langsam schlief sie ein, trotz ihrer Angst. Das Chloroform wirkte noch.

Am Morgen erwachte sie mit unbändigem Durst. Sie musste länger geschlafen haben. Die Sonne schien bereits warm durch die Bäume hindurch, Carmen befand sich genau auf der kleinen Lichtung. Wenigstens würde sie bald nicht mehr so frieren. Aber ihre Zunge war geschwollen. Sie konnte sie kaum bewegen.

«Ga-vr-iel!» Keine Antwort. Das Monster sass ganz in der Nähe auf einem Stein und bewegte sich vor und zurück, vor und zurück. Gabriel nahm Carmen nicht mehr wahr.

Da begriff Carmen, dass sie sterben würde. Hilfe war nicht mehr zu erwarten. Sie begann zu beten: «Lieber Gott, ich bin eine Sünderin. Vermutlich habe ich diesen Tod verdient. Gewähre mir trotzdem Vergebung und nimm mich auf in deiner Gnade.»

Der Schweiss lief ihr jetzt übers Gesicht, und der Durst wurde immer quälender. Irgendwann verlor sie das Bewusstsein.

SECHSUNDDREISSIG

Als Stampfli und Susanne beim Haus von Carmen Vico ankamen, erblickten sie Bonsai schon von weitem. Der junge Ermittler tigerte aufgeregt in der Einfahrt hin und her. «Sie ist seit gestern Abend verschwunden», schrie er, kaum waren sie ausgestiegen. «Ich war mit ihr verabredet. Ich dachte, sie habe mich versetzt.» Er wurde rot.

Heiri stellte keine Fragen. Er hatte begriffen. Es war jetzt wichtig, Carmen so schnell wie möglich zu finden. Seit der Entführung war schon viel Zeit vergangen. «Wann wolltet ihr euch treffen, Bonsai?»

«Um 18 Uhr. Dann bin ich sogar schuld, dass Carmen in Gefahr ist. Wenn ich nur wüsste, wer sie entführt hat.»

«Vermutlich Gabriel. Sonst kann ausser Carmen niemand vom Kirchenchor Latein. Wir hoffen jetzt, dass der Entführer ein Chormitglied ist und kein Aussenseiter.»

«Gabriel? Ja, sie hat einmal von ihm erzählt. Sie sind, glaub ich, zusammen aufgewachsen. Carmen wohnt immer noch im Elternhaus. Dann müsste Gabriel in der Nähe gewohnt haben und der „locus amoenus“ wäre nicht weit weg. O Gott, hätte ich sie doch schon gestern richtig gesucht. Vielleicht ist es jetzt zu spät. Und es ist meine Schuld.»

«Bonsai, es hat keinen Sinn, dir Vorwürfe zu machen. Ohne dich wüssten wir ja noch nicht einmal, dass das Opfer Carmen ist.»

In diesem Moment kamen drei Polizeiwagen angefahren. Einer davon enthielt Hundeboxen. Ein Kantonspolizist öffnete die Hecktür, öffnete die Boxen und liess zwei nervöse Wolfshunde frei: die Hundestaffel.

«Sind wir hier richtig? Wäre es Ihnen möglich, ein Kleidungsstück der Vermissten zu beschaffen, damit die Tiere die Witterung aufnehmen können?», fragte einer der Männer.

Bonsai rannte ins Haus und tauchte mit einem blauen Nachthemd wieder auf. Stampfli und Susanne wechselten ungläubig einen Blick. Der junge Ermittler schien es nicht einmal zu bemerken. Er liess die Hunde am Kleidungsstück schnuppern und tatsächlich: Sie zerrten die Männer, welche die Tiere angeleint hatten, energisch in eine bestimmte Richtung.

Stampfli wollte Susanne zu diesem Zeitpunkt verabschieden, doch sie wehrte sich vehement. «Du denkst nicht wirklich, dass du mich jetzt loswirst? Ich habe dir viel geholfen. Ich lasse mich nicht wegschicken.»

«Sorry, das ist Sache der Polizei, und du gehörst nicht dazu. Ich rufe dich heute Abend an.»

Susanne war mehr als sauer, stieg ohne ein Wort in ihr Auto und fuhr weg.

Heiri folgte den Männern kopfschüttelnd. Bonsai rannte als Erster den Hunden hinterher. Es ging eine Strasse entlang, die für den Autoverkehr gesperrt war, dann über eine Wiese Richtung Trichtenhausermühle bis zu einem Wäldchen. Die Tiere wurden immer aufgeregter und schnappten beinahe über. Schliesslich blieben sie bellend in einer kleinen Lichtung stehen.

Ein dunkler Fleck in der Mitte, was war das? Ein Kopf? Ein Kopf ohne Körper ragte aus der Erde hervor. Bonsai wollte sich heulend darauf stürzen. Im letzten Moment wurde er von zwei Polizisten zurückgehalten. Der Kopf gehörte zu Carmen. Die Augen waren geschlossen. Keine Regung. Die Lippen aufgerissen, die Zunge aufgeschwollen dazwischen. Da hörten sie es:

«Ave Maria, gratia plena, Dominus tecum, benedicta tu in mulieribus, et benedictus…» Gabriel sass auf einem Felsen in der Nähe und murmelte unentwegt die gleichen Worte. Dabei wiegte er sich hin und her, hin und zurück. Auch seine Augen waren geschlossen.

«Du Schwein, du hast Carmen lebendig begraben», heulte Bonsai. Wäre er nicht weiter festgehalten worden, hätte er Gabriel vermutlich erwürgt.

Stampfli beugte sich zu dem Mädchenkopf hinunter und versuchte, einen Puls bei der Halsschlagader zu finden. Es gab ihn noch - ganz schwach und holpernd zwar, aber es gab ihn. Mit aller Sorgfalt begannen die Männer zu graben. Als Carmens Kopf frei war, wurde die irrwitzige Konstruktion sichtbar, die Gabriel errichtet hatte. Die junge Frau sass in einer Kiste auf einem seidenbezogenen und mit Rosenblättern bedeckten Kissen. Ihr Körper war mit Decken umwickelt. Stampfli und Bonsai halfen dabei, ihn sorgfältig auszuwickeln und ihre geschwollenen Lippen mit etwas Wasser zu benetzen. Es vergingen nur Minuten, dann hielt die herbeigerufene Ambulanz vom nahegelegenen Spital Zollikerberg unten an der Strasse, die Sanitäter stemmten eine Trage den Berg hinauf und nahmen Carmen mit. Heiri versuchte unterdessen, den schluchzenden Bonsai zu trösten.

«Er wollte sie nicht umbringen, sonst hätte er die Kiste nicht so schön ausstaffiert! Die Decken haben sie vor dem Erfrieren bewahrt, aber bald wäre sie verdurstet! Gott sei Dank konnten wir sie schnell finden.»

Gabriel hatte offensichtlich den Verstand verloren. Er würde in einer psychiatrischen Anstalt landen und seine Morde nicht verbüssen müssen. Zwei Kantonspolizisten führten ihn ab.

SIEBENUNDDREISSIG

Drei Tage später:

Carmen ging es den Umständen entsprechend besser. Bonsai durfte kurz mit ihr sprechen. Ihre Stimme war immer noch so heiser, dass er ihre Worte kaum verstand.

Er umfasste ihre Hände. «Meine Carmen. Ich werde dich nie mehr verlassen. Ich habe dich lieb. Ich bin unendlich froh, dass wir dich rechtzeitig gefunden haben.»

«Danke», flüsterte die Kranke. «Aber das geht nicht. Ich habe viel nachgedacht. Gabriel wollte eine Zukunft mit mir. Nun willst auch du eine Zukunft mit mir. Aber ich möchte keinen Mann mehr. Ich bringe allen nur Unglück. Ich gehe dorthin, wo ich schon einmal war und wo ich Frieden gefunden habe: ins Kloster. Sei mir nicht böse. Du hast mir sehr geholfen – und ich werde dir dafür immer dankbar sein. Ich wünsche dir eine schöne Zukunft. Du wirst noch viele Leute aus Gefahren retten.»

Bonsai versuchte mit allen Mitteln, Carmen von ihrem Plan abzubringen. Es war vergebens.

Stampfli bekam am nächsten Tag einen Telefonanruf von Susanne.

«Hallo, Papa. Geht es dir gut? Ich habe in der Osternacht alleine Orgel gespielt. Der Chor ist bis auf weiteres nicht fähig aufzutreten. Und ich habe eine Entscheidung getroffen: Ich lasse mich in Zukunft nicht mehr von dir wegschicken. Ich werde die Polizeischule besuchen. Bei diesem Einsatz habe ich gespürt, dass ich deine Polizei-Gene geerbt habe. Ich möchte eine der wenigen Polizistinnen sein, die am Sonntag Orgel spielen.»

Stampfli war sprachlos.

Literatur:

Michael Tsokos „Sind Tote immer leichenblass?"

Dieter Bindig „Der Verhörspezialist"

K. Püschel/B. Mittelacher „Tote schweigen nicht

Stephan Harbort „Der klare Blick"

Joe Navarro „Der kleine Lügendetektor"

Glossar:

(in der Schweiz gibt es kein ß, nur ss)!

Brandtouroffizier	der diensthabende Verantwortliche der Kantonspolizei für Verbrechen gegen Leib und Leben
Automobilist	Autofahrer
Ćevapčići	eine Balkanspezialität: gegrillte Röllchen aus Hackfleisch
Claire	siehe Band 1 «Mit spitzer Nadel»; die grosse Jugendliebe von Heiri Stampfli
Dessert	Nachtisch
Diakon	Geistlicher, der die erste Stufe des Weihesakraments erhalten hat. Die zweite Stufe ist der Priester.
En Guete	Mahlzeit
Fasnacht	Fasching
Feldweibel	Feldwebel

Forensiker	Spezialist für Verbrechensaufklärung; untersucht z.B. Spuren am Tatort
Foto (das)	**Foto** (die)
Fortissimi	in der Musik: sehr laute Stellen
Führerausweis	Führerschein
Grüezi	schweiz. für „Grüss Gott"
Leuen	schweiz. für „Löwen", Name eines Restaurants
Mousse au chocolat	Schokoladenmousse; Mousse (französisch mousse = Schaum) werden Speisen von schaumiger, crèmeartiger Konsistenz genannt
Peperoni	Paprika
Pianissimo	in der Musik: sehr leise
Pizza con Funghi e Salami con Mozzarella di Bufola	Pilzpizza mit Salami und Büffelmozzarella

Pikettdienst	Bereitschaftsdienst
Rise-up Lieder	«rise-up» hat sich als ökumenisches Liederbuch erfolgreich etabliert in Gemeindegottesdienst, Unterricht und Jugendarbeit
Rösti/Röschti	eine Spezialität der Deutschschweizer Küche: in Butter oder Fett in der Pfanne ausgebackener Fladen aus geriebenen gekochten oder rohen Kartoffeln
Sakristan	Kirchendiener, Messmer, Küster
Sauce	delikate, feine Sosse; «Sosse» gibt es auch, aber die ist gewöhnlich und kommt meistens aus dem Beutel
Soufflé glacé mit Eiercognac	halbgefrorenes Speiseeis mit Eier-Branntwein
Spital	Klinik, Krankenhaus

Ständiger Diakon	In der Regel verheirateter Mann, der das Weihesakrament erhalten hat und in diesem Stand lebenslang berufen ist
Tram	Strassenbahn
Toblerone	Schweizer Schokoladenmarke, „die mit dem Matterhorn"
tschau zäme	Grussformel, von ital. ciao = hallo, zäme = zusammen
Vibrato	in der Musik: die periodisch wiederkehrende, geringfügige Veränderung der Frequenz eines gehaltenen Tons. Ein starkes Vibrato ist sehr gewöhnungsbedürftig.
ViCLAS	Violent Crime Linkage Analysis System

Bernadette Trachsler:

«Hauo. Ier Notall, Atzenanzase Ald Ichtung Soo. Fot ommen.» = «Hallo. Hier Notfall, Katzenschwanzstrasse Wald Richtung Zoo. Sofort kommen.»

Diakon:

«Vie'eicht 'önnten wir an O'tern 'ogar eiin Or'ester eein'etzen. Es 'ibt eine 'Irchen'ängerin, die 'iimlich viil 'Eld 'espendet hat = «Vielleicht könnten wir an Ostern sogar ein Orchester einsetzen. Es gibt eine Kirchengängerin, die ziemlich viel Geld gespendet hat.»

Mein herzlicher Dank gehört:

meinen Lesern des ersten Bandes «MIT SPITZER NADEL», die mich immer wieder mit positiven Rückmeldungen dazu ermuntert haben, die Geschichte von Heiri Stampfli, Bonsai und Susanne weiterzuschreiben;

meiner Nichte Silvia Simpson-Walz für die wunderschöne, künstlerische Umschlaggestaltung;

meiner Freundin Ruth Müller für die Beurteilung des Manuskriptes;

meiner Tochter für ihre anspornenden Worte und das Korrektorat;

Dr. Beat Haldemann aus Küttigen für die medizinische Beratung und

insbesondere meinem geliebten Lebenspartner für seine Unterstützung und sein positives Denken.

SUSANNE GANTNER
Mit spitzer Nadel
KRIMINALROMAN

MIT SPITZER NADEL

ISBN 978-3-7345-9066-5, Verlag Tredition

Der perfekte Mord. Wie ist das möglich? Ein berühmter Immobilienmakler wird umgebracht. Der Arzt diagnostiziert einen Herzinfarkt. Eine junge Frau rächts sich auf ungewöhnliche Art, weil sie als Kind missbraucht wurde. Erst ein Zufall im Zusammenhang mit einem weiteren Opfer wirft Fragen auf. Die Ermittler der Kantonspolizei Zürich stehen vor einem Rätsel. Wie kann jemand eine solche Tat begehen und kaum Spuren hinterlassen? Die Suche führt bis nach China…

Leseprobe:

Er lag auf dem riesigen, mit schwarzer Seide bezogenen Bett auf dem Bauch. Sie kniete rittlings auf seinen eher schmächtigen Beinen und massierte seinen stark behaarten Rücken mit sicheren Handgriffen.

«Ja, Baby, so ist es gut», stöhnte er.

Der Moment war gekommen, auf den sie so lange gewartet hatte. Mit einem kalten Lächeln griff sie nach ihrem roten Strumpfband und holte die gut versteckte Akupunkturnadel heraus. Die Stelle im Nacken musste genau getroffen werden, sonst war alles umsonst.

«Was ist?», murrte er. «Mach weiter.»

Sie zögerte nur kurz, dann stiess sie die Nadel mit aller Kraft in seinen Nacken. Ein heftiges Zittern durchlief seinen Körper, er bekam plötzlich keine Luft mehr und würgte hilflos. Mit einem speziellen Handgriff und unter Einsatz ihres ganzen Körpers konnte sie ihn auf die Seite drehen. Er starrte sie mit weit aufgerissenen Augen an. Da zog sie sich grinsend die rote Perücke mit den langen Mädchenzöpfen vom Kopf.

Seine Lippen formten ein unhörbares «Du?» und ein unsäglicher Schrecken wurde in seinem Blick sichtbar.

«Ja, ich, dein Baby. Und ich bin gekommen, um mich zu rächen für alles, was du mir angetan hast.»

Seine Muskeln verkrampften sich, er konnte sich nicht mehr rühren, verzweifelt schnappte er nach Luft. Er kämpfte um sein Leben, aber es dauerte nicht lange und sein Körper erschlaffte. Sie genoss jede Sekunde, und ein wildes Triumphgefühl stieg in ihr auf.

Jetzt durfte sie keinen Fehler machen. Sie holte medizinische Gummihandschuhe aus ihrer Handtasche und begann, alle Spuren zu entfernen. Besonders achtete sie auf mögliche Fingerabdrücke. Sie hatte ohnehin darauf aufgepasst, nichts anzufassen. Die Akupunkturnadel liess sich gut herausziehen und hinterliess keine Spur. Sie strich die zerwühlten Laken glatt. Es sollte ja nicht jeder erraten, was hier stattgefunden hatte: der perfekte Mord.

Entspannt schlenderte sie ins Arbeitszimmer. Es war so, wie sie erwartet hatte. Der Monitor des Computers war hell erleuchtet und zeigte ihre Kontaktanzeige. Frank hatte keine Zeit verloren, sie sofort angerufen und zu sich bestellt. In der Zwischenzeit hatte er sich an den vier Fotos aufgegeilt.

Es war ihr nicht ganz leichtgefallen, ihren gertenschlanken Körper so zu retouchieren, dass sie viel jünger aussah. Die Brüste waren noch kleiner als in Wirklichkeit, das Gesicht rundlicher, die Scham rasiert. Sie trug lange geringelte Strümpfe mit Strumpfbändern und einen Schultornister. Sonst nichts. Er konnte nicht widerstehen.

Nun war der Widerling tot, für alle Zeiten. Sie hatten kaum gesprochen. Er war nackt an der Tür erschienen, und sie hatten sich direkt ins Schlafzimmer begeben. Sie war nicht so jung, wie sie im Darknet angegeben hatte. Aber er wurde nicht argwöhnisch.

Sie löschte die Kontaktanzeige. Die Polizei könnte diese trotzdem finden, sollte sie alles genau untersuchen, aber es würde ja keine polizeiliche Untersuchung geben. Ein Arzt müsste einen Herzschlag diagnostizieren, weil sich sonst nichts finden liess. Nun brauchte sie noch die Kontakte im Computer. Wie vermutet, waren die Kollegen im Outlook verzeichnet. Sie holte einen roten Memory Stick aus ihrer Handtasche, kopierte das Verzeichnis und fuhr den PC herunter. Besser vorsichtig sein, sonst gab es vielleicht Fragen.

Sie zog sich wieder an, die langen geringelten Strümpfe und das dünne Hemdchen stopfte sie in ihre grosse Handtasche und zog dafür die schwarze Hose und die schwarze Jacke heraus, die sie vorher abgelegt hatte. Vor dem Badezimmerspiegel setzte sie ihre rote Perücke wieder auf, löste jedoch die Zöpfe. Es war besser, nicht aufzufallen, wenn jemand sie auf der Strasse beobachten sollte. Hier im Hause wohnte sonst niemand. Der Immobilienmakler Frank Geissmann-Müller lebte alleine in einer abgelegenen Villa am Ende einer langen Privatstrasse.

Sie liess die Haustür leise ins Schloss fallen, streifte die Gummihandschuhe ab und verschwand lautlos. Wie erwartet, wurde sie von niemandem beobachtet.